I0562142

LAURENCHET 1976

OEUVRES CHOISIES

DE

LENOIR.

DEUXIÈME ÉDITION.

Tome 2.

OEUVRES

CHOISIES

DE LEBRUN.

PARIS, IMPRIMERIE DE DECOURCHANT,
Rue d'Erfurth, n° 1, près l'Abbaye.

OEUVRES

CHOISIES

DE LEBRUN.

DEUXIÈME ÉDITION.

TOME SECOND.

PARIS,

EUGÈNE RENDUEL, LIBRAIRE,

RUE DES GRANDS-AUGUSTINS, N° 22.

1828

ÉLÉGIES.

ÉLÉGIES.

LIVRE PREMIER.

ÉLÉGIE I.

A FANNI.

Ah ! fuyons des cités le profane séjour.
Viens trouver au hameau la nature et l'amour,
Fanni ! viens m'embellir les champêtres asiles.
Que les amans de l'art se plaisent dans les villes !
De leurs riches palais nocturnes habitans,
Ils ne connaissent plus l'aurore et le printemps ;
Ils ont dans le cristal des fleurs décolorées,
Tristes et sans parfums, de Zéphire ignorées ;
Leurs fruits impatiens devancent les saisons ;
De Pomone trop lente ils méprisent les dons.
Leurs goûts sont insensés ; leurs âmes sont arides ;
Morphée est le seul dieu de leurs jours insipides ;
En des jeux fatigans ils consument leurs nuits,
Et leur triste bonheur est de changer d'ennuis.

Heureux qui de Palès respirant tous les charmes,
Va surprendre l'aurore à ses premières larmes,

Et d'un pied matineux effleurant le gazon.
De l'oiseau qui s'éveille entend le premier son !
Heureux, si le premier cueillant la fleur naissante,
J'en pare ton beau sein, ô ma fidèle amante !
Ou d'un nid que la feuille à peine couvre encor,
Je mets sur tes genoux le frêle et doux trésor ;
Et la timide mère, inquiète, éperdue,
Qui le protége encor de son aile étendue !
Mais j'entends les regrets du père et de l'époux ;
O ma Fanni ! cédons à des regrets si doux.
Ah ! remettons ce nid dans son palais mobile ;
Croissez, petits oiseaux ! goûtez un sort tranquille ;
Que jamais l'épervier, ni l'autour ravisseur,
Ni le plomb criminel lancé par le chasseur,
N'abrégent de vos jours l'innocente durée,
Et ne fassent gémir une veuve éplorée.

Quelle âme est insensible aux attraits ingénus
De ces plaisirs si purs à la ville inconnus ?
Au seul nom des hameaux l'âme s'échappe entière ;
Des pleurs délicieux humectent la paupière.
Là, Cérès a pour nous déployé ses tapis ;
L'émeraude y promet l'or fécond des épis.
Là, d'une source vive entre les fleurs errante,
Bondit à pas légers la nymphe transparente.
Là, Philémon, Baucis, époux jadis heureux,
Se plaisent d'enlacer leur feuillage amoureux.
Syrinx est ce roseau qu'un doux zéphir caresse.
Là, tout parle d'amour, tout plaît, tout intéresse.
Tout porte au cœur ému de saints ravissemens ;

La nature y sourit au bonheur des amans.
Le tendre amour dut naître au sein d'une prairie :
Là, du nectar des fleurs son enfance nourrie,
Goûta les jeux naïfs des rustiques hameaux,
Et sa bouche divine enfla les chalumeaux.
Souvent il se mêlait aux danses des bergères,
Ou tressait en osier des corbeilles légères.
Quelquefois de ses mains un guéret sillonné,
Sourit de voir un soc de myrte couronné.
Avec son Adonis Vénus même sans honte
A porté la houlette aux rives d'Amathonte.
Amante d'un lait pur, souvent sa belle main
D'une mère bêlante a su presser le sein.

Que Vénus, que l'Amour soient encore nos maîtres !
Ah ! ne dédaignons point ces délices champêtres.
Avec l'aube éveillé, quel charme de te voir
En longs cheveux épars soulevant l'arrosoir,
Prodiguer une eau pure aux tiges parfumées
Des fleurs que ton amant lui-même aura semées,
Ou conduire avec art aux voûtes des berceaux
Du jasmin odorant les flexibles rameaux,
Ou tondre d'un gazon la pointe jaunissante,
Ou relever d'un cep l'espérance penchante ;
Ou quelquefois au bois, d'un caprice enfantin,
Secouer sur mon front les perles du matin,
Et cueillir avant moi, sur la branche agitée,
La noisette trompeuse et souvent rejetée !
Loin des palais dorés, séjour des noirs soucis,
Quel charme, dans la grotte où nous serons assis,

De voir ces longs troupeaux qui blanchissent la plaine,
Et la chèvre qui pend à la roche lointaine ;
Et le jeune pasteur qui, les suivant toujours,
Confie au chalumeau ses rustiques amours,
Tandis que sa bergère attache à sa houlette
Le prix de ses chansons, la simple violette !

Quand le soir, ramenant l'étoile du berger,
Imposera silence au chalumeau léger,
Et que l'aimable oiseau qui se plaint de Térée,
Charmera les forêts de sa voix éplorée,
Émus de ses accens, touchés de ses douleurs,
A nos tendres baisers nous mêlerons des pleurs.
Crésus et tout son or, source de ses alarmes,
Ne saurait acheter ces précieuses larmes.

ÉLÉGIE II.

Qu'il fut barbare ! il eut un cœur de diamant,
Le premier qui ravit l'amante à son amant !
Et l'amant qui survit au jour qui les sépare,
Lui-même porte un cœur insensible et barbare.

Je n'ai point, ô Fanni ! cet insensible cœur ;
De ton absence, hélas ! je sens trop la rigueur.
Entraîné loin de toi par l'aveugle fortune,
Combien j'ai combattu sa faveur importune !
Combien je regrettais ce rivage enchanté,
Où Vénus me fit voir ta naissante beauté ;
Et ta douce retraite aux argus inconnue,
Où j'appris le secret de ta flamme ingénue ;
Et ces jardins rians où mon timide espoir
Attendait mon amante avec l'astre du soir !
Enfin de ces regrets la Parque me délivre ;
En cessant de te voir, j'ai dû cesser de vivre.
Je t'aimais trop ; je meurs victime de mes feux.

O toi pour qui j'expire, entends mes derniers vœux !
Quand de tes doux attraits l'amant et le poète
Ne seront plus qu'une ombre, une cendre muette ;
Quand ma froide dépouille, étendue au cercueil,
Sera couverte, hélas ! du funèbre linceuil,

L'Amour te portera cette triste nouvelle ;
Il guidera vers moi ta démarche fidèle.
Ta douleur va tromper les yeux de tes argus ;
Elle fuira ces bords que je ne verrai plus.
L'Amour, t'enveloppant de l'azur d'un nuage,
Aux regards indiscrets voilera ton passage.
Pour la dernière fois tu suivras son flambeau
Vers l'asile où la mort a creusé mon tombeau.

Descends, ô ma Fanni ! sous la voûte sacrée
Où de mon ombre encor tu seras adorée ;
Viens orner mon cercueil de cyprès et de fleurs ;
Viens, les cheveux épars, l'arroser de tes pleurs.
Prends des mains de l'Amour le trait qui t'a blessée,
Et de ce trait de feu, sur ma tombe glacée,
D'une fidèle main viens écrire, en pleurant,
Ces vers qu'Amour, hélas ! te dicte en soupirant :
« Sous ce marbre repose une ombre qui m'adore ;
» S'il n'eût aimé Fanni, Mysis vivrait encore. »

ÉLÉGIE III.

AU BILLET QUE J'ENVOIE A FANNI.

Billet que je confie aux ailes de l'Amour,
Pars, vole à ce que j'aime annoncer mon retour.
Ah ! dis bien à Fanni ma vive impatience !
Dis que je vais demain respirer sa présence !
Demain l'aube verra mon rapide coursier
Qui devance, en courant, le vol de l'épervier,
D'un pas ailé franchir, en dévorant sa trace,
Ces huit termes jaloux qui prolongent l'espace.
Demain, demain Fanni doit par mille faveurs
D'un exil douloureux me payer les rigueurs.

Doux billet ! ne va point révéler ce mystère ;
Trompe de ses argus la vigilance austère ;
Que l'Amour te dérobe à tout regard malin ;
Que Fanni te prenant d'une furtive main,
Et d'un regard oblique essayant de te lire,
Te glisse près du cœur où son amant respire.
Tu sentiras ce cœur, plein d'un trouble charmant,
Te demander Mysis à chaque mouvement,
En désirs éperdus s'égarer, se confondre,
Te presser, te parler, t'écouter, te répondre,
Gémir impatient des obstacles jaloux,
Et voiler de soupirs son timide courroux.

Oh ! que des sombres nuits l'heure si désirée
Va lui rendre importuns les jeux de la soirée
Et les tristes lenteurs du nocturne festin !
Douze fois l'airain sonne : elle s'échappe enfin
Vers l'alcôve discrète où la beauté repose :
Un lin pur y reçoit et l'albâtre et la rose.

Heureux billet ! C'est là que, bravant les argus,
Au flambeau de l'Amour, Fanni, les yeux émus,
Va te lire cent fois pour te relire encore,
Et tu reposeras sur un sein que j'adore !

ÉLÉGIE IV.

L'absence me ravit les charmes que j'adore,
Dieux jaloux ! est-ce en vain qu'un amant vous implore?
Vos autels sont-ils sourds à des vœux innocens !
Le ciel se jouerait-il de mon crédule encens?

Que Choiseul ait d'un roi le faste et les richesses :
Mes vœux sollicitaient de plus douces largesses.
Mon amour, peu jaloux d'une vaine splendeur,
Ne demandait au ciel ni l'or, ni la grandeur,
Ni ces palais brillans d'une pompe insultante,
Ni ces riches moissons que la Sicile enfante,
Ni ces cristaux dont l'Inde enorgueillit ses bords ;
Tes baisers, ô Fanni ! valent tous ces trésors :
Riche de tes faveurs, que m'importe un empire ?
Mais quel jour me rendra ta vue et ton sourire ?

L'amour a des terreurs que lui seul peut calmer :
Cette nuit même un songe est venu m'alarmer.
Ah ! d'un trop juste effroi je n'ai pu me défendre ;
Le songe était affreux ;...... il te peignait moins tendre.

Que la fortune et Mars gouvernent l'univers :
Qu'ils sèment à leur gré la gloire et les revers ;
Que par des nœuds sacrés s'alliant à la Seine,
Le Rhin contre la Sprée arme le Borysthène,

Et du seul Frédéric assiége les états ;
Qu'il triomphe ou qu'il tombe après tant de combats ;
Rien ne saurait troubler ma paisible assurance :
Je ne crains, ô Fanni, que ton indifférence ;
Je ne forme des vœux qu'en faveur de l'amour ;
Chacun de mes soupirs demande ton retour.
Je voulais dans tes bras consumer ma jeunesse ;
Je voulais sur ton sein réchauffer ma vieillesse ;
Je voulais, à tes pieds, mourant de volupté,
Descendre, plein d'amour, aux rives du Léthé.

Là, chantant les attraits dont tu fus embellie,
Mes vers rendront jaloux et Tibulle et Délie.
Gallus, Catule, Ovide et La Farre et Chaulieu,
A ma flamme, à mes chants, reconnaîtront leur dieu.

Mais dans quels vains transports égaré-je mon âme,
Quand ton absence, hélas ! glace et trahit ma flamme ?
Quand, au dernier billet que ta main a tracé,
Un mot affreux...... (tes pleurs l'avaient presque effacé !)
M'apprend de tes argus la haine et les obstacles ?

Aime ! et crois que l'amour est le dieu des miracles.
Revole, chère amante, aux bords de nos ruisseaux :
Ah ! Fanni ! c'est ton nom que murmurent ces eaux ;
C'est ton nom qu'en ces bois soupire Philomèle ;
Cet ombrage, mon cœur et ce gazon t'appelle.
Reviens ! et toi, Vénus ! calme enfin mon tourment ;
Et rends ma jeune amante à son fidèle amant.

ÉLÉGIE V.

FAITE PENDANT UNE HÉMORRAGIE VIOLENTE,
ET QUI PENSA DEVENIR MORTELLE.

Le sang baigne à longs flots mes levres pâlissantes;
Et mon Tibulle échappe à mes mains défaillantes.
De mon sein oppressé les pénibles efforts
Y tourmentent la vie, et brisent ses ressorts.
Dans ce combat mortel et de glace et de flamme,
Fanni seule, Fanni retient encor mon âme :
Ma voix, en expirant, soupire ce doux nom ;
Et de ma lyre éteinte il est le dernier son.
Ma lyre avait promis de la rendre immortelle,
Et devait au printemps défier Philomèle :
Le printemps reviendra pour Philomèle;.... et moi,
D'un silence éternel j'aurai subi la loi.
Les roses reviendront; et cette main absente
N'aura point le bonheur d'en parer une amante !
Des myrtes, des lauriers que je devais cueillir,
Tout l'espoir avec moi va donc s'ensevelir?

O mort! divinité si terrible au vulgaire,
Je ne crains pas le coup de ta main sanguinaire :
De mes jours mal tissus romps le faible lien ;
La vie est peu de chose, et toi-même n'es rien.

II.   2

Mais quitter à la fois une amante et la gloire,
Sans avoir consacré ses feux et sa mémoire!
Mais dans la foule obscure indignement périr!
Cette mort est affreuse, et c'est plus que mourir!

ÉLÉGIE VI.

L'heure fatale accourt, d'un long crêpe voilée,
Terrible, et conduisant la Parque échevelée ;
Elle accourt !.... je la vois !.... j'entends son vol affreux.
Tel fond l'avide vautour sur un cygne amoureux ;
Tel le noir épervier, d'une aile frémissante,
Vole, suit, presse, atteint la colombe innocente,
Qui, du char de Vénus séparée un moment,
Par ses cris douloureux l'implore vainement.

Loin de tes yeux, Fanni, la tombe me dévore ;
Tu n'entends plus la voix d'un amant qui t'implore.
Enlevé de tes bras et du sein des amours,
Les chagrins de l'absence ont flétri mes beaux jours.

Que tu verrais Mysis différent de lui-même !
Son cœur n'est point changé ; puisqu'il respire, il t'aime.
Mais ce n'est plus ce front riant et fortuné,
Tant de fois par tes mains de myrtes couronné :
Ce n'est plus cet amant que tes lèvres de rose
Enivraient du nectar dont Vénus les arrose ;
Ce n'est plus ce Mysis, qui, plein de feux si doux,
Seul aimé, t'aimant seule, a fait tant de jaloux.
Il jouissait alors de ta douce présence ;
Sa vie est dans tes yeux ; il meurt de ton absence.

Je jurai mon retour à tes embrassemens.
La mort, la mort jalouse a rompu mes sermens;
Sa brûlante fureur circule dans mes veines;
L'art se trouble, s'épuise en ressources trop vaines,
Et mon sang qui jaillit sous les couteaux mortels,
A neuf fois de la Parque arrosé les autels.
La Parque, sur mon lit, terrible et menaçante,
Foule d'un pied sanglant ma tête gémissante.
L'amour repousse en vain l'inexorable faux;
Sa main faible ne peut désarmer Atropos :
La cruelle triomphe; et son souffle homicide
Desséchant les pavots sur ma paupière aride,
Fait bouillonner mon sang à flots séditieux.
Je brûle, je frissonne; un voile est sur mes yeux;
Mes yeux ne verront plus ni les fleurs, ni l'aurore,
Ni les yeux de Fanni plus séduisans encore;
Ces yeux que je chantais et baisais tour à tour,
Ces yeux où je puisais le génie et l'amour.

Amour! Vénus! et vous, ô Filles de mémoire!
Promettiez-vous ce sort à mes feux, à ma gloire?
De Mysis, de Fanni les noms entrelacés,
Dans vos fastes brillans devaient être placés.
Le chantre de Fanni, sur la double colline,
Eût effacé les noms d'Ovide et de Corinne;
Et je meurs...... sans remplir ces destins éclatans!

Après l'instant suprême est-il d'autres instans?
S'il en est, ô Fanni! si l'âme est immortelle,
Si des feux de l'esprit il reste une étincelle,

Qu'elle passe en ton sein, ô ma chère Fanni !
A moi-même échappé, de moi-même banni,
Deviens pour ton amant l'immortel Élysée ;
Que mon âme revole où je l'avais puisée.
J'adorerais le Styx, éclairé par tes yeux,
Et l'Olympe sans toi me serait odieux.

Mais quel affreux nuage enveloppe ma lyre ?
Où suis-je ? où vais-je ? ô dieux ! quel funèbre délire
Trouble mes sens voilés des ombres du trépas ?
Quels lugubres objets s'attachent à mes pas ?
J'entrevois de la mort les horribles ministres
Entraînant mon cercueil à pas lents et sinistres......
Ce spectacle, ô Fanni ! devais-tu le prévoir ?
Chère amante ! est-ce ainsi que j'ai dû te revoir ?
Un doux espoir te flatte ; et rien ne te révèle
Du trépas d'un amant la sanglante nouvelle.

Ce deuil, ce sombre éclat des lugubres flambeaux,
Ces longs crêpes, épars en funèbres lambeaux,
Ces voiles noirs, semés de larmes blanchissantes,
D'un corps pâle et glacé parures impuissantes,
Ces cantiques de mort, ces lamentables cris,
D'une secrète horreur vont glacer tes esprits.

Hélas ! tu m'accusais d'une trop longue absence,
Malheureuse ! tu vas jouir de ma présence !
Ta flamme n'attend pas un amant au cercueil ;
Mais déjà de ta porte il ombrage le seuil ;

2.

Il passe sous tes murs ; ta fenêtre s'entr'ouvre ;
Ton œil avec effroi s'égare et le découvre.
« O ciel ! t'écrieras-tu peut-être en ce moment,
» D'un semblable destin préserve mon amant ! »
Ton amant ! il n'est plus ! hâte-toi de descendre ;
Le cercueil te ravit sa fugitive cendre ;
Mon ombre peut encor goûter quelques douceurs :
Enlève ton amant aux prêtres ravisseurs ;
De ces vautours sacrés un lugubre nuage
De mon cercueil en vain te défend le passage.

Accours ! et romps le joug des timides égards ;
De plus près sur ma tombe attache tes regards :
Fais parler tes sanglots, ton silence, ta flamme,
Et ces larmes d'amour, souveraines de l'âme !
Va ! le sceptre des rois est moins impérieux
Qu'une larme timide échappée à tes yeux.

Ose aimer sans rougir ; ose avouer ta perte ;
Lève ces noirs atours dont ma tombe est couverte ;
Gémis sur ton amant ! tes soupirs, tes douleurs,
Tes regrets, tes sanglots vont passer dans les cœurs
Ose me disputer à la Parque farouche ;
Mets ton cœur sur mon cœur, ta bouche sur ma bouche ;
Couvre de tes baisers et mes yeux et mon sein......
Tu sentiras mon cœur palpiter sous ta main !

ÉLÉGIE VII.

L'Amour ne dit point *vous* à sa tendre Psyché;
Et ce mot criminel est sorti de ma bouche !
J'ai prononcé d'hymen le nom triste et farouche !
Tes larmes, ô Fanni ! me l'ont bien reproché.
Ah ! de ton cher Mysis ne crains plus ces outrages;
Pardonne un vain dépit qui s'exhale en soupirs;
Les querelles d'amour animent ses plaisirs.
Si nous versons des pleurs; si de légers nuages
Menacent de troubler nos destins les plus doux,
Un zéphir enchanteur, apaisant ces orages,
Calme aisément des flots qui grondaient sans courroux.
Qu'un regard de Mysis dissipe tes alarmes.
Chère amante ! crois-en Mysis à tes genoux !
Crois l'Amour; dans tes pleurs vois-le tremper ses armes,
Pour me blesser encor, pour assurer tes coups.
Ne crains plus que ces noms et d'hymen et d'époux
De cet amour si tendre empoisonnent les charmes:
Ce vulgaire destin, ces langueurs, ces dégoûts,
Si nous sommes amans, ne sont point faits pour nous.
Mais, hélas ! trop heureux..., nous devions par des larmes
Expier un bonheur qui fait tant de jaloux.

~~~~~~

ÉLÉGIE VIII.

A NÉMÉSIS.

Toi, qu'invoque en ses pleurs l'innocent qu'on outrage,
Toi, qui semblais trahir mes vœux et mon courage,
Des crimes de l'Amour, des crimes de Thémis,
Tu me venges enfin, tardive Némésis!
Tu me fais de ta coupe enfin goûter les charmes.
Avant ce doux nectar, ô que j'ai bu de larmes!
Sous mes pas innocens que de piéges dressés!
Quel noir et long tissu de maux entrelacés!
J'ai, durant sept hivers, jouet d'un sort barbare,
Fatigué de Thémis le labyrinthe avare,
Depuis ce jour, fatal au reste de mes jours,
Qui de treize ans d'hymen empoisonna le cours.

Ah! le calme riant de mes jeunes années
M'annonçait-il, grands dieux! ces noires destinées?
Quand je parais Fanni de myrtes et de fleurs,
Ah! croyais-je à Fanni devoir un jour mes pleurs?
Quand je fermai sa tombe aux dépens de ma vie,
Pensais-je qu'elle-même un jour me l'eût ravie?
Ma candeur n'eût jamais soupçonné ces revers.
De mes illusions je parais l'univers.
Je me fis des vertus une chimère auguste.
J'osais même penser que Thémis était juste.

Dans mes douces erreurs j'avais sacrifié
Au tendre et pur amour, à la sainte amitié.
Ta mort, jeune Racine! et les pleurs des Corneilles,
En pénétrant mon âme, inspirèrent mes veilles.
L'éclat de l'or jamais n'éveilla mes désirs.
Fanni, les arts, la gloire enchantaient mes loisirs;
Je voyais dans Fanni, moins épouse qu'amante,
De mes destins heureux la compagne charmante;
Et par leurs tendres soins, une mère, une sœur,
Eussent fait de mes jours envier la douceur.
J'aimais, je cultivais, je chantais la nature.
Que mon cœur était loin de croire à l'imposture!
Qu'un enfant des neuf Sœurs est facile à tromper!
Je caressais la main qui devait me frapper.
D'un ennemi trop cher complaisante victime,
Tranquille, je dormais sous le poignard du crime.
Le noir complot m'éveille en éclatant sur moi.

Sans doute il éprouva moins de trouble et d'effroi,
Le premier qui, rasant le cap de la tempête,
D'un nuage imprévu vit fondre sur sa tête
La nuit, les vents, la foudre, à grands coups redoublés,
Et l'ouragan roulant les flots amoncelés.

Que de fois, Némésis, dans ce funeste orage,
Mon fragile vaisseau fut voisin du naufrage!
Que de fois j'appelai les dieux à mon secours!
Et les flots, et les vents, et les dieux étaient sourds.
Tu vis le triple nœud de ce complot infâme;
Tu vis s'armer ensemble et mère, et sœur, et femme;

Tu vis leur noire audace, ô crime! ô triple horreur!
De leurs coups sur moi seul diriger la fureur :
Tu les vis toutes trois, s'acharnant à leur proie,
Puiser dans mes tourmens une exécrable joie ;
Et de mes tristes jours se disputant la fin,
Se faire de ma vie un funeste butin.

O Méléagre! ainsi ton effroyable mère
Te dévouait aux feux qu'alluma sa colère ;
Ainsi l'horrible sœur d'Absyrthe massacré
Dispersait en lambeaux son frère déchiré ;
Ainsi de Danaüs les filles exécrables,
Au sang de leurs époux baignaient leurs mains coupables.
Mais aucun d'eux n'a vu, dans ces derniers abois,
Épouse, et mère, et sœur, le frapper à la fois.

Ah! tu vis plus encor! tu vis leur calomnie
Des lois contre mes jours armer la tyrannie ;
Tu vis l'indigne chef d'un indigne sénat,
Au poignard de Thémis dicter l'assassinat ;
Tu le vis, souriant de sa lâche puissance,
Aux pieds même du crime égorger l'innocence.

Et moi, je m'écriais, en regardant les cieux :
Viendras-tu, Némésis, justifier les dieux ?
Laisseras-tu dormir ta vengeance et leur foudre ?
Est-ce sur mon tombeau que tu dois les absoudre ?
Et par le vain récit des moustres terrassés,
Penses-tu réjouir mes ossemens glacés ?

Complice du forfait que tu n'oses confondre,
C'est en l'exterminant que tu dois me répondre.

Et tu restais muette au cri de mes douleurs !
Et le succès du crime insultait à mes pleurs !
Et j'entendais gronder la haine étincelante !
Et je voyais pâlir l'amitié chancelante !
Et dans cet univers, saisi d'un lâche effroi,
Contre tous mes tyrans je n'avais plus que moi !
Je dévorai mes pleurs, et j'embrassai ma lyre.
Armé de l'infortune, ivre d'un saint délire,
Mon génie indigné tonna sur des pervers.
Je condamnai leur chef aux tourmens des enfers ;
Dans les siècles futurs je traînai sa mémoire ;
Je le couvris de honte au flambeau de la gloire ;
Et son nom, expirant sous ma juste fureur,
Déjà de l'avenir est l'opprobre et l'horreur.

Viens ! viens ! ô Némésis ! seconde ma vengeance !
Sur mes lâches tyrans frappons d'intelligence !
Périsse jusqu'au nom d'un sénat odieux,
Et qu'un fils d'Apollon soit vengé par les dieux !

~~~~~~

ÉLÉGIE IX.

L'hiver a disparu : la frileuse hirondelle
Ramène les zéphirs voltigeans autour d'elle.
Au chant de mille oiseaux, déjà le doux printemps,
De roses couronné, descend sur nos rivages.
Il vient nous rendre encor les beaux jours, les ombrages,
Et ces jeunes gazons si connus des amans.
Sur nos champs refleuris il étend ses conquêtes ;
Il paraît : l'univers semble éclore à ses yeux ;
Il sourit, et les vents, déchaînés sur nos têtes,
Courbent devant son char leurs fronts séditieux :
Le printemps est l'amour des mortels et des dieux ;
Il caresse les airs, il endort les tempêtes ;
Il éveille l'aurore, il épure les cieux,
Et prête au dieu du jour un char plus radieux.

Mais, hélas ! sa présence et si chère et si pure,
Qui rend le calme aux flots, aux cieux, à la nature,
Rendra-t-elle jamais à mon cœur désolé
Ce calme de mes sens que Vénus a troublé ;
Ou ce bonheur si doux, songe, hélas ! trop perfide,
Qu'amour me fit goûter au sein d'Adélaïde ?

~~~~~~

ÉLÉGIE X.

LE SONGE.

D'un piége inévitable ai-je pu me defendre ?
Amour ! fatal amour, et toi, Zelmis, et toi
Dont la douce amitié m'enchaîna sous sa loi,
Tu prêtais à l'amour ta voix flatteuse et tendre.
Ah ! qui veut fuir l'amour ne doit jamais t'entendre !

Hier, quand la nuit sombre, enveloppant les cieux,
Fendait les airs glacés d'un char silencieux,
Assis auprès de toi, vers ton foyer paisible,
Tes accens me liaient d'une chaîne invisible :
Mon âme s'enivra de ces récits charmans
Où tu peignais si bien les transports des amans.
Je respirais leurs feux ; j'enviais leurs alarmes ;
De mes yeux attendris coulaient leurs douces larmes ;
Que tu me rendais chers leurs plaisirs, leurs tourmens !
Je croyais à Vénus en regardant tes charmes :
L'Amour m'environnait de ses enchantemens.
Tont semblait ressentir mes doux ravissemens.
Cette pure clarté que l'on doit à l'abeille,
Attentive à ta voix, partageait notre veille ;

il. 3

Vulcain d'un feu plus doux pétillait à nos yeux ;
Des vents grondans au loin la bruyante furie
N'osait troubler les sons de ta bouche attendrie.
Hélas ! tu charmais tout !... hors le temps envieux.
Sa main fit échapper cette heure fugitive
Qui, frappant douze fois dans l'or qui la captive ,
M'ordonna sans pitié le nocturne repos.
Grands dieux ! que le sommeil était loin de mon âme !
Ta voix dans tous mes sens avait porté la flamme.
Je me flattai pourtant que le dieu des pavots,
Humectant de leurs sucs ma paupière échauffée,
Assoupirait enfin jusqu'au dieu de Paphos :
Vain espoir ! l'Amour même avait séduit Morphée.

Un songe tout de feu m'enleva dans ses bras
Jusqu'au lit où Morphée enchaînait tes appas.
Ta lumière veillait : elle offrait à ma vue ,
En dépit des rideaux importuns et jaloux ,
Ta vermeille beauté mollement étendue
Sous un lin qui voilait tes charmes les plus doux.
Je n'osais soulever l'importune barrière :
Mais d'un baiser timide effleurant ta paupière,
Je crus voir tes beaux yeux s'éveiller sans courroux,
Un soupir échappé de tes lèvres de rose
Suivit ce doux regard et sembla me dire : Ose.
Soudain la volupté m'embrasa de ses feux.
D'un baiser plus ardent l'amoureuse licence
De ma craintive audace expia l'innocence ;
Je devins moins coupable en devenant heureux.

O de mes sens émus trop rapide mensonge !
Le réveil a détruit mon fragile bonheur :
Zelmis ! objet charmant d'une si douce erreur,
Diras-tu comme moi : Pourquoi n'est-ce qu'un songe ?

ÉLÉGIES.

❦❦❦❦❦❦❦❦❦❦❦❦❦❦❦❦❦❦❦❦❦❦❦❦❦❦❦❦❦❦❦❦❦

LIVRE SECOND.

———◆———

ÉLÉGIE I.

Divitias alius fulvo sibi congerat auro.

TIBULL.

Ah ! qu'un autre se plaise à grossir un trésor !
Qu'il n'ait de dieu, d'ami, d'amante que son or,
L'insensé qui , jaloux d'une vaine richesse ,
Inquiet, soupçonneux, veille et tremble sans cesse !
Un pénible bonheur flatte peu mes désirs :
Ma douce pauvreté me fait d'heureux loisirs ;
Content sous mes foyers de voir la flamme agile
Égayer vers le soir mes pénates d'argile,
Pomone ne sait point éluder mon espoir,
Ni ma vigne tromper l'attente du pressoir.
Le sauvage arbrisseau qu'entame un fer utile
Ici doit à mes soins sa blessure fertile ;
Là , dans mes prés qu'altère un soleil dévorant,
Le docile ruisseau me suit en murmurant.

3.

Mon verger s'embellit sous les mains de son maître :
Qu'il m'est doux de cueillir un fruit que j'ai vu naître !
Je ne dédaigne point de tracer des sillons ;
J'aime à voir mes troupeaux errer dans les vallons.
Je ramène au bercail la génisse indolente ,
Et l'agneau qui s'égare à sa mère bêlante.

O dieux amis des champs, dieux paisibles et doux !
Pan, Vertumne, Palès, je vous honore tous.
Veille sur mes jardins, toi dont la faux puissante
Donne aux brigands de l'air une utile épouvante !
Que mes épis dorés, prémices des guérets ,
Couronnent tes cheveux, bienfaisante Cérès !
Dieux ! jadis protecteurs d'un superbe héritage,
De ses débris, hélas ! recevez l'humble hommage !
J'offrais une génisse en des temps plus heureux ;
A présent un agneau suffit avec mes vœux :
Qu'il tombe à vos autels ! Qu'autour de lui rangée ,
La rustique jeunesse, en deux cœurs partagée ,
S'écrie : Accordez-nous les vins et les moissons !
Dieux ! ne rejetez point ces autels de gazons !
Cette argile est encor la même où nos ancêtres
Présentaient un lait pur à vos autels champêtres.
Loin, loin de mes brebis, ravisseurs ténébreux !
Loups cruels, insultez un bercail plus nombreux.

Je ne regrette point les trésors de mes pères,
Ni leurs palais ravis par des mains étrangères.
Que me faut-il ? ces champs, un lit et du repos ;
Un lit d'où l'Amour seul écarte les pavots.

Ah ! dans l'horreur des nuits que l'aquilon tourmente,
Quel charme de presser le doux sein d'une amante !
Qu'une pluie orageuse et l'air tumultueux
Font bien goûter la paix d'un lit voluptueux !
Que tel soit mon bonheur, dieux ! et que la fortune
Soit toute à ces mortels qui fatiguent Neptune ;
Qu'ils cherchent des climats et des biens étrangers !
En est-il d'aussi doux que mes champs, mes vergers ?
Mon univers est là ; là je borne ma course ;
Là, rêvant sous un arbre, au doux bruit d'une source,
J'évite du midi les brûlantes chaleurs :
Mon absence à l'amour n'a point coûté de pleurs.

Ah ! que les diamans ! ah ! que tout l'or périsse,
S'il faut pour les ravir qu'une beauté gémisse !

C'est à toi, Messala, né pour les grands exploits,
De combattre, de vaincre et d'enchaîner les rois ;
C'est à moi de subir une amoureuse chaîne,
Et d'assiéger long-temps une porte inhumaine.
Délie, ah ! qu'on insulte à mon oisiveté !
Que m'importe la gloire où n'est point ta beauté !
Sois de mes humbles champs la nymphe tutélaire ;
De mes jeunes brebis daigne être la bergère ;
Viens sous un antre frais reposer dans mes bras ;
Et puissé-je y dormir vainqueur de tes appas !

Que sert un lit de pourpre où veillent les alarmes ?
Il le cède à la mousse où sommeillent tes charmes.

L'or, le duvet, les eaux, les chants harmonieux,
Rien ne peut assoupir un œil ambitieux.
Eh ! quelle âme d'airain, quel aveugle courage,
Pouvant te posséder, s'arme et vole au carnage !
Qu'il enchaîne l'Asie à ses fiers étendards ;
Qu'il aille de la terre éblouir les regards ;
Qu'avec toi, que pour toi je vive, ô mon amante !
Et te presse en mourant de ma main défaillante !
Sur le bûcher funèbre, hélas ! mis à tes yeux.
Tu pleureras Tibulle, en accusant les dieux.
Tu pleureras : cent fois tes lèvres adorables
Mouilleront de baisers ces restes déplorables !
Nul amant, nulle amante, en voyant tes douleurs,
En voyant mon bûcher, ne retiendra ses pleurs :
Ils s'en retourneront l'œil humide de larmes.

Mais que ton désespoir n'offense point tes charmes !
Mon ombre en gémirait : que dis-je ? ah ! mes beaux jours
Bravent encor la Parque, et sont tout aux amours.
Mais l'âge à pas muets se glisse, ô ma Délie !
La jeunesse s'envole : une aimable folie
Sied mal aux fronts glacés qu'outragent les hivers.
C'est au printemps qu'Amour cueille ses myrtes verts.

Chère amante, suis-moi dans sa douce mêlée ;
C'est là que ma valeur cent fois fut signalée.
Bon soldat, chef heureux, là je suis un héros,
Et le nom de Tibulle est connu dans Paphos.

Trompette, éveille au loin les amans de la gloire!
Que Mars dispense ailleurs les prix de la victoire !
Riche de mon amante, heureux, libre de soin,
Ma fortune se rit de l'or et du besoin.

ÉLÉGIE II.

Adde merum vinoque novos compesce dolores.

TIBULL.

Verse, verse, ô Bacchus! ta liqueur favorable;
Assoupis les chagrins d'un amant misérable;
Défends aux importuns de troubler mon repos,
Si l'amour qui gémit goûte encor les pavots!

Ma Délie est soumise aux ordres d'un barbare:
Une porte d'airain l'enferme et nous sépare.
O porte inexorable à mes vœux les plus doux!
Que l'orage et les vents, que la foudre en courroux
Te brise!.... ah! plutôt cède à mon impatience;
Ouvre-toi sans trahir un timide silence.
Si quelque injure échappe au dépit d'un amant,
Pardonne! il expiera ce fol égarement.
Hélas! rappelle-toi de plus douces offrandes;
Combien pour t'embellir j'ai tressé de guirlandes!

Toi, Délie, ose fuir un argus odieux;
Ose; Vénus sourit aux cœurs audacieux.
Soit qu'un jeune amant tente une porte connne,
Soit que l'ouvre en tremblant sa nymphe à demi nue,

Vénus sait leur apprendre à s'écouler d'un lit,
A suspendre leurs pas que l'ombre ensevelit,
A tromper un jaloux, et même en sa présence,
Par des gestes parlans animer leur silence.
Doux secrets, vous fuyez ces mortels indolens,
Dans l'horreur de la nuit paresseux et tremblans.

Jeunes amans, dans l'ombre errez sans défiance;
Tout amant est sacré; Vénus est sa défense.
Sous l'aile des amours qu'il brave les fureurs,
Et les avares mains des sombres ravisseurs.
Jamais les nuits d'hiver, la froidure et l'orage,
N'ont insulté ma tête, ou glacé mon courage.
Faibles maux, quand Délie ouvre enfin à mes vœux
Et m'appelle au doux bruit d'un signal amoureux?

Profanes, gardez-vous d'éclairer ces mystères,
D'envier nos plaisirs aux ombres solitaires;
Fussiez-vous dans le Styx, malheureux indiscrets!
Le seul bruit de vos pas divulgue nos secrets.
Mais si quelque imprudent a vu.... le téméraire!
Au nom de tous les dieux qu'il jure de se taire!
Il saura que Vénus, s'il révèle nos feux,
Est du sang et des flots un mélange orageux.
Que dis-je? Ah! pour jamais ton jaloux est paisible,
Et j'en crois de Médée une élève infaillible.

Je l'ai vue, agitant ses magiques flambeaux,
Ravir Diane aux cieux et les morts aux tombeaux.

Son cri perce l'Érèbe et fait trembler la terre ;
Dans sa chute enflammée il suspend le tonnerre ;
Mais c'est peu d'enchaîner la foudre, les torrens,
L'enfer, la triple Hécate et ses chiens dévorans :
En faveur de l'amour et des jeunes épouses,
Son art trompe l'hymen et ses fureurs jalouses.
Ton époux, loin d'en croire un rapport envieux,
Me verrait dans ton lit sans en croire ses yeux.
Mais n'étends point le charme : il n'est que pour Tibulle,
Et je rends pour moi seul ton époux incrédule.
Elle m'a dit bien plus : ses filtres dangereux
Pourraient même tarir la source de nos feux.
Tandis que, m'épurant d'une flamme lustrale,
Sa main sacrifiait à la troupe infernale,
Je demandais aux dieux, non de ne plus aimer,
Mais qu'un égal amour du moins sût t'enflammer.
Je sais trop que Vénus par nos feux embellie,
Qu'amour même, jamais ne plaira sans Délie.

ÉLÉGIE III.

1762.

Quis fuit, horrendos primus qui protulit enses.

TIBULL.

Périsse l'inventeur du glaive meurtrier!
Ce barbare sans doute avait un cœur d'acier :
Il forgea l'instrument des combats homicides;
Il ouvrit à la mort des routes plus rapides.....
Que dis-je? il nous armait d'un glaive protecteur,
Des tigres, des lions innocent destructeur.
L'or seul fut criminel! l'or enfante la guerre.
Quand l'homme eut un mets simple en un vase de terre
L'homme connut la paix! le guide du troupeau
Dormait paisiblement près du paisible agneau.
Que ne vivais-je alors! les cris de la trompette
Ne m'eussent point troublé dans ma douce retraite;
Mais Bellone m'entraîne. Un guerrier assassin
Peut-être aiguise un trait qui m'ouvrira le sein?

Dieux Lares! dieux témoins des jeux de mon enfance,
Vous qui m'avez nourri, veillez à ma défense!
Simples divinités de mes simples aïeux,
Un tronc, un art grossier vous figure à nos yeux.

1. 4

Ah! n'en rougissez point! vos rustiques images
D'une foi plus sincère ont reçu les hommages.
Des pampres, des épis, suspendus en festons,
Sûrs de les obtenir, sollicitaient vos dons.
Le père offrait le jus de la grappe vermeille;
La fille présentait le nectar de l'abeille.

Moi je vous offrirai, loin des combats sanglans,
Cet animal qui gronde et s'engraisse de glands!
Habillé d'un lin pur, le myrte sur la tête,
Je suivrai la victime à cette heureuse fête :
Puissé-je ainsi vous plaire! et qu'aux sanglans hasards
Un autre aille briguer les faveurs du dieu Mars,
Afin que le soldat, oisif dans nos murailles,
D'un doigt ivre, en buvant, trace un jour ses batailles

Quelle aveugle fureur nous entraîne aux combats!
Insensés, nous courons au-devant du trépas.
Quel charme a le Cocyte et ses brûlantes rives?
Les Ris ne volent plus sur ses ondes plaintives.
Ce n'est plus l'Hippocrène et ses flots argentés;
Ce n'est plus Amathonte et ses bois enchantés.
Il n'est plus de Zélis sur les rivages sombres :
Un terrible cerbère y fait trembler les ombres.
La mort n'y voit errer, autour de ses flambeaux,
Que des mânes sanglans, voilés d'affreux lambeaux.

Que sert à ton amant, belle Déidamie,
Qu'Ilion expirât sous sa lance ennemie?

Que de fois chez les morts ton illustre héros
A regretté la paix des rives de Scyros !
Et ce jour où sa main , aux fuseaux échappée ,
Saisit avidement et la lance et l'épée !

La gloire trop souvent fut le prix des forfaits ;
Mais toutes les vertus sont filles de la paix.
O paix ! que nos hameaux, ombragés de tes ailes,
Soient de mes derniers ans les asiles fidèles !
Là , puisse un jour ma race aider mes pas tremblans ,
Et me voir à ses jeux sourire en cheveux blancs !
Couronné de mes fils , dans ces retraites pures ,
Puissé-je leur conter mes jeunes aventures !
Que ces bords , où le ciel éclaira mon berceau ,
Daignent avec amour accueillir mon tombeau !

Mais tandis que Vénus brûle encor dans mes veines,
Que je puis savourer ses plaisirs et ses peines ,
Et qu'aux champs de Paphos ardent à moissonner ,
D'un triple myrte encor je puis me couronner,
O paix ! divine paix ! que tes mains fortunées
Pour la gloire et l'amour filent mes destinées !

Vierge aimable ! quels biens sont dus à tes faveurs !
Tu couronnes Cybèle et de fruits et de fleurs ;
Tu parfumes la grappe au penchant des collines ;
Tu dores nos moissons dans les plaines voisines ;
Aux loups, aux noirs brigands tu dérobes l'agneau ;
Tu permets au pasteur d'enfler son chalumeau ;

Tu diriges la danse au pied de l'orme antique
Où bondit à pas lourds l'allégresse rustique :
Toi seule oses de Mars briser les étendards,
Et tu forges le soc du débris de ses dards.

Quand Bellone, en grondant, te voit calmer la terre,
Un souris de Vénus y rallume la guerre.
Amour! je vois briller ton carquois et tes feux!
J'entends déjà le choc des combats amoureux.
Frappez, jeunes amans! tombez, portes rebelles!
Faisons sur leurs débris capituler nos belles.
Mais le bronze est moins dur que l'amant irrité,
Qui blesse les dieux même, en frappant la beauté.
La beauté vous trahit : insultez sa parure;
Brisez les nœuds flottans d'une tresse parjure;
Arrachez d'un rival les présens odieux,
La fleur qu'il a placée, et qui choque vos yeux :
Rompez le voile épars sur un sein infidèle,
Si d'un baiser furtif l'empreinte s'y décèle;
Mais arrêtez vos coups à ces vains ornemens.
Elle gémit; des pleurs mouillent ses yeux charmans;
Ah! la beauté qui pleure est toujours innocente!
Quel amant, sans gémir, voit pleurer une amante!
En essuyant ses pleurs, pleurez à ses genoux :
Les orages d'amour rendent ses feux plus doux.

Toi, que n'amollit point l'aspect de tant de charmes,
Mortel au cœur d'airain, prends le casque et les armes :
D'un tube foudroyant charge ton bras guerrier,
Ceins tes flancs endurcis d'un large baudrier,

Pour vieillir en héros couvert de cicatrices,
Sous un chaume indigent, seul prix de tes services.

Là, du camp de Vénus exilé pour jamais,
L'hymen, le sombre hymen te rira désormais.
Là, vainqueur mutilé, traînant sa lourde chaîne,
Épouse en tes vieux jours la discorde et la haine.
Mais que ton front chargé de rides et d'hivers,
Des vainqueurs d'Ilion redoute les revers.
Un Égysthe, souillant ces rides belliqueuses,
Immolera ta gloire à ses flammes honteuses;
Et la paix que tu crains, et l'amour que tu fuis,
Te verront expirer dans ces mornes ennuis.

Ah! loin de tes amans ces destins déplorables,
Douce paix! rends ma gloire et mes plaisirs durables.
C'est pour moi, pour Zélis que brillent tes beaux jours,
Et Vénus dans ton char promène les amours.

ÉLÉGIE IV.

Rura meam.... tenent, villæque puellam.
TIBULL.

Quel insensible cœur peut habiter la ville !
Mon amante a volé vers un champêtre asile.
Déjà Vénus la suit de guérets en guérets
Au spectacle riant des fêtes de Cérès.
Et déjà pour lui plaire, accourant au village ,
Le jeune amour essaie un rustique langage.

Oh ! que, pressant du pied la bêche au large fer,
Ne puis-je ouvrir pour elle un champ qu'a durci l'air !
Oh! qu'il me serait doux , animé par sa vue,
De peser sur le soc en poussant la charrue ;
Et nouveau laboureur, par les Grâces formé ,
Affronter ou la bise ou le sud enflammé !

Il n'est rien qu'à ses lois la beauté ne soumette.
Apollon amoureux fut pasteur chez Admète.
Son luth, ses végétaux n'ont pu le secourir :
Contre les feux d'amour que peut l'art de guérir?
Son immortelle main tressa le jonc sauvage
En paniers arrondis où filtrait son laitage.
O que de fois Diane a rougi de le voir
Porter l'agneau tardif égaré vers le soir !

Que de fois ses brebis, bêlant sur la colline,
Ont troublé les accords de sa lyre divine!
Souvent des plus grands rois l'encens, les vœux offerts,
L'ont en vain appelé dans ses temples déserts;
Souvent ses cheveux d'or, tout souillés de poussière,
Ont fait gémir l'orgueil de sa superbe mère.

Soleil! que faisais-tu de ton sceptre de feu?
Sous ce toit de roseaux reconnaîtrai-je un dieu?
Oui, dans les bras d'Issé tu l'étais plus, sans doute,
Qu'au sommet éclatant de la céleste voûte.
Banni des cieux en vain par leur maître irrité,
Tu retrouvas l'Olympe au sein de la beauté.
Les dieux goûtaient alors un bonheur ineffable;
Ils aimaient! la raison dit que c'est une fable :
Importune raison! j'en crois peu tes discours;
Un amant peut-il croire à des dieux sans amours?

Et toi, qui me ravis une douce présence,
Puisse la terre ingrate étouffer ta semence,
O cruelle Cérès! et toi, dieu des buveurs,
Puisse leur soif en vain implorer tes faveurs!
Périsse la vendange et les moissons nouvelles,
S'il faut les acheter par l'exil de nos belles!
Et ces fruits de nos champs sont-ils si précieux?
Valent-ils le bonheur que goûtaient nos aïeux?
Eux-même à leur repos ne faisaient point la guerre.
Sans fatiguer leur bras à fatiguer la terre,
Sobres et fortunés, sans vigne, sans moisson,
Le gland sut les nourrir, l'onde fut leur boisson.

Mais nul soin douloureux ne vint troubler leur âme;
Ils respiraient l'amour : ils vivaient de sa flamme.
Ardens à recueillir les moissons du baiser,
Ivres de son nectar sans jamais l'épuiser,
Sans cesse ils jouissaient à l'ombre des vallées,
Aux bords rians des eaux, sous les vertes feuillées :
Vénus était partout; partout des lits de fleurs ;
Et l'absence jamais n'y fit couler de pleurs.
Point d'argus, de verroux, de portes indociles,
Les cœurs étaient ouverts ainsi que les asiles.

Revenez, douces mœurs! temps heureux, revenez !
Mais que dis-je? il n'est plus de ces jours fortunés,
Et notre art criminel a changé la nature.
Hé bien! je me dévoue aux champs, à leur culture,
Au joug même : quels maux effraieraient un amant?
Où la beauté commande il n'est plus de tourment.

ÉLÉGIE V.

Absent de Lycoris, ô douleurs! ô regrets!
Le myrte va céder ma tête au noir cyprès.
Ainsi de mes beaux jours les aurores pâlissent!
Ainsi de mon printemps les roses s'obscurcissent!
Et la Parque m'enlève au séjour ténébreux,
Plus jeune que Tibulle, et non moins amoureux.

Tandis que loin de toi ma vie est moissonnée,
Que fais-tu, Lycoris? amante infortunée!
Sans doute ton amour brûle de me revoir;
Ton cœur s'enivre, hélas! de ce crédule espoir.
Une lettre à la main, relisant nos mystères,
Et peut-être implorant ces tendres caractères,
Le feu de tes baisers, l'ardeur de tes soupirs,
Leur demande un retour promis à tes désirs.
Vaine promesse, hélas! Sort jaloux et barbare!
L'absence..... est éternelle : un tombeau nous sépare.

Tu semblais le prévoir dans ce funeste jour
Où je partis baigné des larmes de l'amour;
Une pâleur mortelle obscurcit ton visage;
Tes sens étaient glacés d'un sinistre présage;
Nos lèvres frémissaient de lugubres adieux;
Et je croyais laisser mon âme dans tes yeux.

Toi-même dans mes bras, mourante, évanouie,
Au fatal avenir tu disputais ma vie.
Il est de ces momens où, d'un œil plus certain,
L'âme va chez les dieux surprendre son destin.
Je voulais..... je devais en croire tes alarmes,
Quel oracle plus sûr que celui de tes larmes!
Quels devoirs plus sacrés que ceux de nos amours!
La Parque dans tes bras eût respecté mes jours.

Mais loin de toi je meurs, et des mains étrangères
Des yeux de ton amant vont fermer les paupières!
Vers ton asile encor, dans ces momens d'effroi,
Je tends ces faibles mains qui ne sont plus à toi.
Ma seule ombre aujourd'hui, vain songe de moi-même,
S'envole autour de toi murmurer que je t'aime.

Il fut des temps heureux où jusque dans tes bras
Le mystère et l'amour conduisirent mes pas,
Quand de ton jeune amant la soudaine présence
Vint surprendre tes yeux dans les pleurs de l'absence.
Quel charme te prêtaient ces naïves douleurs!
Quels rapides baisers essuyèrent tes pleurs!
La nuit nous prodiguait ses faveurs les plus sombres;
Nos timides soupirs se fiaient à ses ombres.
Cent fois tu vis mes pas, suspendus et muets,
Échapper, vers ton lit, aux argus inquiets.
O baisers de nectar! ô nuits toutes de flammes!
O plaisirs! ô transports où s'égaraient nos âmes!
Trop rapide bonheur, envolé pour jamais,
Déjà vous n'êtes plus qu'un songe et des regrets.

Et vous, de ces beaux jours confidentes trop chères !
Vous que j'arrose, hélas ! de mes larmes dernières !
Lettres de mon amante !.... ô mon plus doux trésor !
D'une mourante main je vous rassemble encor.
Hélas ! mon œil voilé d'un lugubre nuage,
Dans l'ombre de la mort voit flotter votre image.
Je baise, en frémissant, vos traits mystérieux ;
Ma Lycoris entière y respire à mes yeux.
Voilà de tant d'amour les restes déplorables,
D'un fragile bonheur monumens peu durables !

O le plus doux espoir de mes plus tendres vœux,
Tant que Vénus daigna favoriser mes feux,
A son brûlant époux c'est donc moi qui vous livre !
Vos secrets à mes jours ne doivent point survivre.
L'instant fatal s'avance.... ô flammes ! dévorez
Ces restes précieux, ces témoins adorés :
Que leurs frêles débris, étincelles légères,
Dans le sein des zéphirs dispersent nos mystères :
Mon cœur suivra bientôt leur destin rigoureux ;
Et mes derniers soupirs s'exhalent avec eux.

ÉLÉGIE VI.

A CÉPHISE,

SUR UN DÉPART SUIVI D'UNE INFIDÉLITÉ.

Idem non frustrà ventosas addidit alas,
Fecit et humano corde volare Deum.

PROPERCE, Élégie XII, liv. 2.

Le premier qui donna des ailes à l'Amour
Peignit bien de ce dieu la fatale inconstance.
Hélas ! quand il s'enfuit, il s'enfuit sans retour :
Céphise, grâce à toi, j'en ai l'expérience.

Cruelle ! tu partis ; mais quels tendres adieux
Contre un noir avenir rassurèrent ma flamme ?
Je vis même des pleurs s'échapper de tes yeux :
Tes soupirs, tes baisers, m'enivraient de ton âme ;
Eh ! comme ils accusaient et le sort et les dieux !

D'un aveugle destin le cours impérieux
M'entraîne, disais-tu ; mais l'absence fatale
Jamais entre nos cœurs ne mettra d'intervalle :
Ils s'uniront toujours : quand à l'astre des nuits
Nos âmes confieront leur plainte et leurs ennuis,
Dans les mêmes instans, loin de tout œil profane,

Nos regards se joindront dans le sein de Diane.
Que dis-je ? impatiens des pavots du sommeil,
Dès que l'ombre fuira de l'Orient vermeil,
Nos yeux s'appelleront ; et le sein de l'aurore,
Centre de nos regards, va les rejoindre encore.
L'Olympe est aux amans : oui, le flambeau du jour
S'allumera pour nous au flambeau de l'amour.
La nature à mes yeux ne sera pas muette.
Pourrais-je, en l'écoutant, oublier son poète ?
Le dieu que tant de fois ont célébré tes vers
Rendra tes souvenirs et plus doux et plus chers.
Quand tu liras Sapho, dis : Céphise est plus tendre.
Moi, je lirai Tibulle et je croirai t'entendre.
Tout servira mes feux : sans cesse les zéphirs
Porteront jusqu'à toi mes fidèles soupirs ;
Et l'art consolateur par qui l'âme est tracée
Sans cesse te peindra mes feux et ma pensée.

Tu le disais, Céphise ! et pour combler mes vœux,
D'une amoureuse main coupant tes blonds cheveux,
Tu m'offris de l'amour ce frêle et tendre gage,
Trop fidèle témoin d'une flamme volage.
Ta main jura d'écrire : ô perfides sermens !
Nul écrit n'est venu consoler mes tourmens ;
Nul zéphir jusqu'à moi n'a soupiré ta peine ;
Et les seuls aquilons, de leur bruyante haleine,
Murmurant ton oubli, présageant ta rigueur,
Attristent de mes nuits l'importune longueur.
Dans les eaux du Léthé ma Céphise a pu boire !
Céphise ! ton amant n'est plus dans ta mémoire.

Comment, hélas! comment serait-il dans ton cœur?
Soupirs, larmes, baisers, ah! devais-je vous croire?
Et vous; liens chéris, qui flattiez ma langueur,
Vous, jadis l'ornement d'une tête infidèle,
Quand l'ingrate me fuit, pourquoi me parler d'elle?

Cependant..... un rival!..... ô trop juste courroux!
O Céphise! ô transports d'un cœur tendre et jaloux!
Un rival dans tes bras jouit de sa victoire!
De mes feux abusés tu lui contes l'histoire.
Tu ris de tes sermens et de mes vains secrets,
Et ton myrte odieux insulte à mes cyprès.
Tant d'amour avait-il mérité cette injure!
Quoi! des lèvres de rose attestaient le parjure!
Quoi! ce front coloré de grâce et de pudeur;
Quoi! ce doux sein de lis, oubliant sa candeur,
Grands dieux! seraient souillés par une âme si noire!
Trop fatale beauté! sexe aimable et trompeur,
Enflammer est ton art, et trahir est ta gloire!

ÉLÉGIE VII.

(FRAGMENT.)

J'étais heureux : les arts occupaient mes loisirs ;
D'une main légère je cueillais les plaisirs ;
Je chantais sur mon luth et Corinne et Julie ;
Je fuyais l'amour tendre et sa mélancolie ;
Je redoutais mon cœur trop prompt à s'enflammer ;
Je craignais jusqu'au nom du dieu qui fait aimer.
Humide et pâle encor de mon dernier naufrage,
Je fuyais d'Amathonte et les mers et l'orage.

Pareil à cet oiseau qui, du piége échappé,
Se croit des lacs trompeurs encore enveloppé,
Il essaie en tremblant l'usage de ses ailes,
Et se confie à peine aux bois les plus fidèles ;
Ainsi je défendais ma douce liberté !
Mais qui peut échapper à la fatalité !

Je vois chez Thélaïre une beauté funeste :
Que ses yeux savaient bien feindre un regard modeste !
Le deuil semblait encor relever sa blancheur :
L'Aurore a moins d'éclat, Thétis moins de fraîcheur ;
Mais les dieux de Paphos, en volant sur ses traces,
Admiraient ses beautés, et lui cherchaient des grâces.

Jamais elle n'offrit à la main des amours
De la taille d'Hébé les flexibles contours.
Délicate Vénus ! ton étroite ceinture
N'eût jamais à ses flancs pu servir de parure.

. . . .

ÉLÉGIE VIII.

Le cœur plein de soupirs, les yeux noyés de pleurs,
D'un amour sans espoir exhalant les douleurs,
J'errais aux bords d'une île inculte et solitaire.
De quelques vieux cyprès l'ombrage funéraire,
Épaississant sur moi le silence et le deuil,
Semblait m'envelopper des ombres du cercueil.

Là, d'un ruisseau plaintif se traînait l'onde obscure;
Mes sanglots se mêlaient à son triste murmure;
Mes pas, du noir Méandre, imitaient les détours,
Et mes larmes troublaient son lamentable cours.
Une sauvage Écho, du fond de ces bois sombres,
Prolongeait mes accens égarés sous leurs ombres.
Les antres, les forêts, les rochers attendris,
Plus sensibles qu'Églé, répondaient à mes cris.

O de mes longs ennuis source cruelle et chère!
O du perfide amour impitoyable mère!
O Vénus! m'écriais-je, ai-je dû t'obéir?
Tu m'inspiras tes feux, et c'est pour les trahir!
Tu veux que j'aime Églé, que j'aime une inhumaine,
De mes tristes soupirs insatiable et vaine;
Églé que tu formas de charmes, de rigueurs,
Pour le plaisir des yeux et le tourment des cœurs!

5.

Tu sembles attendrir ses regards infidèles,
Et tu mets le refus sur ses lèvres cruelles!
De la crainte à l'espoir sans cesse ramené,
De ses caprices vains jouet infortuné,
Cent fois près d'expirer aux genoux de l'ingrate,
Son orgueil en jouit : mon désespoir la flatte.
Eh quoi! tant de rigueurs avec des yeux si doux!
Hélas! mon cœur volait au-devant de leurs coups;
Et la mort est le prix que j'en devais attendre!
Et c'est là cet amour que tu peignais si tendre!
L'abeille est moins avide à savourer les fleurs,
Que l'amour n'est ardent à s'abreuver de pleurs;
Dans les pleurs, dans le sang l'amour trempe ses armes.
Et toi, déesse, et toi qui te ris de mes larmes,
Barbare! tu sortis de l'écume des mers
Pour agiter les cœurs, pour troubler l'univers,
Pour verser dans mon âme un éternel orage :
Dans tes flots insensés, hélas! j'ai fait naufrage.
Ah! toi-même dois-tu ravager tes moissons!
Je te vouais ma lyre et ses plus tendres sons.
Quel autre, si je meurs, soupirant l'élégie,
Saura peindre ta gloire aux champs de la Phrygie,
Mettre à tes pieds l'orgueil de Junon, de Pallas,
Et de la pomme encore honorer tes appas?
Hélène, de Pâris fut le prix légitime.
Moi! je perds une amante, et je meurs ta victime!
Ah! cruelle!... A ces mots de ma bouche élancés,
Faible, pâle, je tombe, et mes sens sont glacés.
J'expirais!.... quand soudain, descendant de la nue,
La reine d'Amathonte apparaît à ma vue;

Et dissipant l'horreur des lugubres cyprès,
D'une voix douce et fiere accuse mes regrets.

Ingrat! que tu sens mal tout le prix de tes chaines!
Le bonheur des amans se mesure à leurs peines.
Qui jamais n'a connu l'excès de mes rigueurs,
Jamais ne connaîtra l'excès de mes faveurs.
Rends un nouvel hommage à la main qui te blesse;
Apprends que la constance unie à la tendresse,
Enfin sait amollir les plus fières beautés.
Renais pour le bonheur, et chante mes bontés. »

Elle dit; et d'un myrte humecté d'ambroisie,
La déesse toucha ma tête appesantie :
Le doux espoir encor vint sourire à mes yeux,
Et le char de Vénus s'éleva dans les cieux.

ÉLÉGIE IX.

A UN SONGE.

Doux complice d'amour et des tendres plaisirs,
Songe heureux qui m'offrais la ravissante image
D'Églé plus indulgente au feu de mes désirs,
Pourquoi la dérober à mon brûlant hommage?
J'attendrissais Églé, je touchais au bonheur;
Et tu fuis!.... Ah! cruel! ah! ramène à mon cœur
Ses plaisirs égarés sur ton aile volage.
Mon amour ne doit pas ses feux à ton erreur,
Mais sa félicité devenait ton ouvrage.

Ah! si pour un mortel c'est un bien trop flatteur,
Écoute; sers du moins un amant qui t'implore.
En fuyant de mes yeux, va sur ceux que j'adore
Verser la douce erreur de ton enchantement:
Caresse de ton aile un objet si charmant;
Assoupis sa pudeur farouche, inexorable;
Éveille dans son âme un trouble favorable;
Mets aux genoux d'Églé le plus fidèle amant.
D'une timide voix soupire ma tendresse;
Arrose de mes pleurs les pieds de ma déesse;
Peins dans mes yeux émus l'excès du sentiment,

Les touchantes langueurs, et les craintes mortelles ;
Que je paraisse heureux d'expirer en l'aimant !
La beauté n'eut jamais des rigueurs éternelles.
Églé, la fière Églé, peut-être en ce moment,
D'un regard enchanteur consolera ma flamme ;
Et la douce amitié se glissant dans son âme,
Par de tendres baisers calmera mon tourment.
Je devrai ses faveurs à ton heureux mensonge ;
Ses transports dureront autant que son sommeil ;
Et peut-être, ô bonheur ! peut-être le réveil
Sera fidèle encore aux promesses du songe.

ÉLÉGIE X.

TIBULLE A MESSALA.

Pars, suis dans l'Orient les drapeaux de la gloire :
Cherche à travers les flots l'Asie et la victoire :
Mais que ton souvenir flatte le triste sort
De Tibulle enchaîné sous l'aile de la mort.
O mort, suspends tes coups ! ô mort, que ta furie
Attende à me frapper au sein de ma patrie ;
Je chercherais en vain, dans ces sauvages lieux,
Un sein pour recueillir mon âme et mes adieux.
Y verrais-je une mère, une sœur, une amante,
Baigner de quelques pleurs ma cendre encor fumante ?
Que n'en croyais-je, hélas ! les larmes de l'amour,
Quand Délie implorait les dieux et mon retour !
Ils flattaient son espoir ; mais une horreur secrète
Attachait à mes pas sa tendresse inquiète.
Combien je reculai ces funestes momens !
Quels pleurs attendrissaient nos longs embrassemens !
A mes derniers adieux j'en ajoutais encore :
Eh ! peut-on s'arracher à tout ce qu'on adore ?
Cent fois interrompant de sinistres apprêts,
L'amour lui ramena mes pas et mes regrets.
Je pars ; un noir présage en secret m'épouvante ;
Mais le plus triste augure est de fuir une amante ;
Au mépris de ses pleurs échapper à ses bras,

...est irriter les dieux, c'est courir au trépas.
...ardonne, amour; Délie, excuse un téméraire,
...éjà trop malheureux d'avoir pu te déplaire.
...i la mort t'obéit, Isis, si tes autels
...'abusent point les vœux des crédules mortels,
...aigne sauver des jours consacrés à Délie!

...érisse des combats la sanglante folie!
...'est elle qui troubla des jours purs et sereins.
... paix! de l'âge d'or ramène les destins!
...n printemps éternel caressait la nature;
...a terre prodiguait des moissons sans culture.
...es flancs en longs chemins n'étaient pas sillonnés,
...t de murs soupçonneux au loin emprisonnés;
...es forêts, dépouillant leurs antiques ombrages,
...'allaient point sur les mers défier les orages.
...'aveugle ambition, trop féconde en revers,
...'avait point divisé les cœurs et l'univers;
...u coursier, du taureau, la liberté sauvage,
...t du frein et du joug rejetait l'esclavage.
...Mars n'avait point encor déployé ses drapeaux;
...a haine était sans glaive, et l'orgueil sans faisceaux.
...es sermens n'étaient point l'organe du parjure;
...t les prêtres des dieux ignoraient l'imposture.
...es cris de la trompette, et la soif des combats,
... des crimes heureux n'excitaient point nos bras;
...e soupçon n'avait point inventé les partages;
...a foi servait alors de terme aux héritages.
...oin du crime et des arts, l'homme eut ses mœurs pour lois,
...a vertu pour ses dieux, et les dieux seuls pour rois.

Mais d'un sceptre d'airain le ciel frappant la terre,
L'or brille, le fer luit, le sang coule, et la guerre,
Fille de la vengeance et mère des forfaits,
Exile de nos cœurs l'innocence et la paix.
Ils m'ouvrent le cercueil! ah, s'il faut que j'y tombe,
Que du moins l'univers lise un jour sur ma tombe:
« Tibulle ici repose; au printemps de ses jours,
» Mars l'enlève à Délie, et la Parque aux amours.»
Déjà Vénus en pleurs me guide aux rives sombres,
Vers les bosquets sacrés des innocentes ombres;
Là, zéphyr, éveillé par de tendres concerts,
Promène l'harmonie et l'amour dans les airs;
Sur des lits de gazon la volupté sommeille
On n'y voit que la rose et sa moisson vermeille,
Un jeune essaim d'amans vole autour des berceaux
Qu'arrosent du Léthé les caressantes eaux;
Vous qui chantiez l'amour, doux et tendres poètes,
L'amour vous réunit dans ces doutes retraites.

Plus loin, du noir chaos les gouffres entr'ouverts,
Recèlent le Tartare et la nuit des enfers;
Là, frémit Alecton; là, Tysiphone errante
Fait siffler les serpens de sa tresse sanglante;
Cerbère agite encor, de ses triples abois,
Les ombres que le Styx emprisonne neuf fois;
De triples dents d'airain ses trois gueules armées
Y gardent des enfers les portes enflammées.
Là, près du fier géant que déchire un vautour,
Ixion, sur sa roue, expie un fol amour.
Filles de Danaüs, là, votre urne fatale

Voit fuir l'onde échappée aux lèvres de Tantale ;
Cette onde y venge un sang que protégeait Vénus ,
Et d'un perfide hymen les forfaits sont connus.

Tombe dans les enfers toute amante parjure,
Tout rival dont ma flamme a reçu quelque injure.
Un rival!..... ô soupçons ! ô tourmens ! ô revers !
Ah! c'est trop respirer le poison des enfers ;
Ombres, Parque, Achéron, fuyez, sanglante image, ·
Ah! Délie ! ah ! ton cœur ne peut être volage.
Je t'aime, mon amour me répond de ta foi.
Échappé du tombeau , je vole jusqu'à toi :
J'entends la vieille esclave assidue à tes veilles ,
D'un récit fabuleux t'alonger les merveilles ,
Quand le soir rallumant l'étoile du berger ,
Voit fuir l'humide lin sur ton fuseau léger ;
Mais le sommeil enlève, en frappant ta paupière,
La quenouille à tes mains , à tes yeux la lumière.
Que je t'éveille alors, et puissent tes appas
Voir, au lieu de Morphée, un amant dans tes bras !
Ce lit qui t'attendait plaintive et solitaire ,
Du flambeau des plaisirs s'embellit et s'éclaire.
Un désordre amoureux te livre à mes regards ,
Je dispute ton sein à tes cheveux épars ;
Doux baisers!... jour heureux ! que ma tendresse implore,
Beau jour, échappe-toi des portes de l'aurore !

FIN DES ÉLÉGIES.

ÉPITRES.

ÉPITRES.

ÉPITRE I.

A M. CHÉNIER L'AÎNÉ.

Oui, l'astre du génie éclaira ton berceau ;
La gloire a sur ton front secoué son flambeau ;
Les abeilles du Pinde ont nourri ton enfance.
Phébus vit à la fois naître aux murs de Bysance,
Chez un peuple farouche et des arts ennemi,
A la gloire un amant, à mon cœur un ami.

Que le nom de Péra soit vanté d'âge en âge !
Dans ces mêmes instans, sur ce même rivage
Qui donnèrent Sophie à l'amour enchanté,
Apollon te vouait à l'immortalité.
Lui-même sur les flots guida la nef agile
Qui portait des neuf sœurs l'espérance fragile ;
Lui-même sur nos bords, dans ton sein généreux,
Souffla l'amour des arts, l'espoir d'un nom fameux.
Le vulgaire jamais n'eut cet instinct sublime.
Sur les arides monts que voit au loin Solyme,
Le cèdre, dans son germe, invisible à nos yeux,
Médite ces rameaux qui toucheront les cieux.
Ton laurier doit un jour ombrager le Parnasse ;
J'entrevois sa hauteur dans sa naissante audace,

6.

Si, modeste en son luxe, et docile aux neuf Sœurs,
Il permet de leurs soins les heureuses lenteurs.

Non, non; j'en ai reçu ta fidèle promesse :
Tu ne trahiras point les nymphes du Permesse.
Non, tu n'iras jamais, oubliant leurs amours,
Adorer la fortune, et ramper dans les cours.
Ton front ne ceindra point la mitre et le scandale.
Tu n'iras point, des lois embrouillant le dédale,
Consumer tes beaux jours à dormir sur nos lis,
Et vendre, à ton réveil, les arrêts de Thémis.

Ton jeune cœur, épris d'une plus noble gloire,
A choisi le sentier qui mène à la victoire;
Les armes sont tes jeux : vole à nos étendards;
Les muses te suivront sous les tentes de Mars.
Les muses enflammaient l'impétueux Eschyle.
J'aime à voir une lyre aux mains du jeune Achille.
Un cœur ivre de gloire et d'immortalité,
Porte dans les combats un courage indompté.
Du vainqueur des Persans la jeunesse guerrière
Toujours à son épée associait Homère.
Frédéric, son rival, n'a-t-il pas sous nos yeux
Fait parler Mars lui-même en vers mélodieux?
Couché sur un drapeau noir de sang et de poudre,
N'a-t-il pas, d'une main qui sut lancer la foudre,
Avec grâce touché la lire des neuf sœurs,
Et goûté dans un camp leurs paisibles douceurs?
Son camp fut leur séjour, son palais fut leur temple.

Imite ces héros, suis leur auguste exemple.
Laisse un oisif amas de braves destructeurs,
De l'antique ignorance orgueilleux protecteurs,
Ériger en vertu leur stupide manie,
Dégrader l'art des vers et siffler le génie.
Le langage des dieux n'est point fait pour les sots.
L'art qui rend immortel ne plaît qu'à des héros.

Insensés ! que du moins vos fureurs indiscrètes
Sachent des vils rimeurs distinguer les poètes.
A ces fils d'Apollon, ingrats ! n'en doutez plus,
Vous devez des plaisirs, des arts et des vertus.
Et sans ressusciter les merveilles antiques,
Les chênes de Dodone et leurs vers prophétiques,
Et la lyre d'Orphée assemblant l'homme épars,
Et la voix d'Amphion lui créant des remparts,
Quel autre qu'un poète, en ses nobles images,
Sut rendre à la vertu de célestes hommages,
La placer dans l'Olympe, et sur les sombres bords
Des supplices du crime épouvanter les morts ?
Les cieux à nos accens s'ouvrirent pour Alcide,
Et l'Érèbe engloutit la pale Danaïde.
Un monde juste est né des vers législateurs,
Et l'homme doit une âme à leurs sons créateurs.

Avant que la parole à nos yeux fût tracée,
Et qu'un papier muet fit parler la pensée,
Par un art plus divin, les vers ingénieux
Fixèrent dans l'esprit leur sens harmonieux ;

L'âme en sons mesurés se peignit à l'oreille :
La mémoire retint leur frappante merveille.
Vainqueur du noir oubli, ce langage épuré,
Des usages, des lois, fut le dépôt sacré.
Grâce aux vers immortels, la seule Mnémosyne
Des siècles et des arts conserva l'origine.
Nul art n'a précédé l'art sublime des vers :
Il remonte au berceau de l'antique univers ;
Et cet art, le premier qu'inspira la nature,
S'éteindra le dernier chez la race future.

Aime cet art céleste, et vole sur mes pas
Jusqu'aux lieux où la gloire affronte le trépas.
Soit que son Apollon, vainqueur dans l'épopée,
T'honore d'une palme à Voltaire échappée ;
Soit que de l'élégie exhalant les douleurs,
De Properce en tes vers tu ranimes les pleurs ;
Soit qu'enivré des feux de l'audace lyrique,
Tu disputes la foudre à l'aigle pindarique ;
Ou soit que de Lucrèce effaçant le grand nom,
Assise au char ailé de l'immortel Newton,
Ta Minerve se plonge au sein de la nature,
Et nous peigne des cieux la mouvante structure,
Tu me verras toujours applaudir tes succès,
Et du haut Hélicon t'aplanir les accès.

Que du faîte serein de ce temple des sages,
Tu verras en pitié le monde et ses orages !
Tant d'aveugles mortels s'agiter follement,
Aux sentiers de la vie errer confusément,

Se croiser, se choquer, disputer de richesse,
Combattre d'insolence, ou lutter de bassesse,
S'élever, en rampant, à d'indignes honneurs,
Et se précipiter sur l'écueil des grandeurs.

Mais tandis qu'agité du souffle de l'envie,
Fuyant, touchant à peine aux rives de la vie,
Le torrent des mortels roule à flots insensés,
A travers les débris des siècles entassés,
Sa gloire, et l'amitié plus douce que la gloire,
Fixeront nos destins au temple de mémoire.

ÉPITRE II.

A M. LE PRINCE DE CONTI,

SUR L'AMOUR QUE LES PRINCES DOIVENT AUX LETTRES.

Prince, ami des talens qu'ignore le vulgaire,
Qu'estiment les grands rois et que ton œil éclaire,
Toujours ta main prodigue en secours généreux,
S'applaudit des bienfaits qu'elle répand sur eux.

Ces présens d'un héros cherchèrent mon enfance,
Et mes faibles talens te durent la naissance,
Quand la Parque, frappant un père entre mes bras,
Éperdu, je donnais des pleurs à son trépas.
Tu le pleuras toi-même! et d'un père fidèle
Tes larmes et tes dons me payèrent le zèle.

Bellone alors, Bellone, aux bords lointains du Var,
T'appelait aux combats et préparait ton char :
Le Var courba sous toi son onde et sa fortune ;
Vainement Albion s'en plaignit à Neptune.
Quelle fut sa douleur, ta gloire et mes transports !
Content de t'admirer, je me taisais alors.
Que mon zèle, indigné de cet obscur Hommage,
Brûlait de s'élancer loin des bornes de l'âge !

Comme un jeune coursier, dans les bois de Vindsor,
S'irritant des liens qui trompent son essor,
Frappe à pas redoublés la barrière insultante,
Et devance sa course, et bat la plaine absente;
Tel à peine escorté de quatorze printemps,
J'accusais les lenteurs du génie et du temps.

Mais en vain j'implorais la lyre des Orphées :
Mars ne suspend jamais sa lance et ses trophées
Au fragile arbrisseau qui rampe loin des cieux ;
C'est l'arbre que Dodone enfante pour les dieux
Qui sous ce noble poids voit courber son feuillage,
Quand Mars las et sanglant y cherche un doux ombrage.

Trop souvent le poète inégal au héros,
A ses lauriers brillans mêla d'obscurs pavots.
Quelle muse eût osé, follement intrépide,
Sur les Alpes enfin suivre ton vol rapide,
Franchir ces rocs où monte à peine un long regard,
Y combattre Amédée et la nature et l'art;
Et malgré les torrens, les gouffres, la tempête,
Malgré tous ces remparts qui tonnaient sur ta tête,
Foudroyer dans les airs leurs titans furieux,
Et couronner de lis ces monts impérieux ?

Je croissais, et ta gloire échauffant mon génie,
Du langage des dieux j'essayai l'harmonie.
A l'ombre des lauriers que moissonna ton bras,
L'étude vint m'apprendre à chanter les combats;

Et les champs de Coni me rappelaient Arbelle ;
Mais pour un Alexandre il fallait un Apelle ;
Et le dieu qui daigna sourire a mon berceau,
Dans ma main faible encor vit trembler son pinceau.

Tel qu'un nocher d'abord et novice et timide,
Attend que l'alcyon calme la plaine humide :
Il contemple de loin ces gouffres mugissans :
La crainte, le désir, l'espoir troublent ses sens ;
Sa barque n'ose encor tenter les mers profondes,
Et consulte long-temps ses voiles et les ondes ;
Ou tel que le jeune aigle, en ses premiers essors,
Du rocher paternel n'ose quitter les bords ;
Mais bientôt moins timide et dédaignant la terre,
Il veut tenter l'Olympe, il aspire au tonnerre,
S'élance, impatient du céleste séjour,
Et fixe ses regards sur l'œil brûlant du jour ;
Ainsi, trop jeune encor, je n'osais me résoudre
A toucher aux lauriers où reposait ta foudre.
Enfin dix-huit printemps révolus sous tes yeux,
Portèrent jusqu'à toi mon vol ambitieux.
Le cœur fut mon génie ; éprise de ta gloire,
Ma muse s'élança sur ton char de victoire.
Je te vis applaudir à mes jeunes accens,
Et sourire à la main qui t'offrait mon encens.

Un enfant des neuf sœurs plaît aux fils de Bellone :
Qui combat pour la gloire, estime qui la donne.
Est-ce à d'obscurs mortels dans l'opprobre nourris,
D'aimer ces arts brillans dont l'honneur est le prix ?

C'est aux rois tels qu'Auguste à chérir un Virgile.
Le ciel doit un Homère aux exploits d'un Achille :
C'est le droit des héros ; et les hommes fameux
Connaissent seuls les droits des grands hommes comme eux.

Grand prince ! aux mêmes arts tu dois la même estime ;
Et ces arts te devaient leur tribut légitime.
Les Muses pour te suivre ont quitté l'Hélicon,
Que ta cour désormais soit leur sacré vallon !
Oui, le docte laurier que leur Permesse enfante
Couronne des Césars la palme triomphante.
Sur l'univers soumis Rome étendant ses lois,
Marchait, la foudre en main, sur la tête des rois :
Les Muses commandaient à la reine du monde.
En demi-dieux alors que Rome était féconde !
De la Thrace et du Pinde honorez les travaux,
O Français ! des Romains soyez deux fois rivaux.
Un grand homme est, aux yeux de tout mortel qui pense,
Bien au-dessus des rois qu'un vil flatteur encense ;
Et quoi que dise encor la bassesse ou l'orgueil,
Le seul génie échappe à l'oubli du cercueil.

En vain des conquérans, pour ravager la terre,
Ont osé des dieux même emprunter le tonnerre ;
Ils cherchaient d'autres cieux et des mondes nouveaux,
Mais aux bornes du monde ils trouvaient leurs tombeaux

Il fut aussi des rois dont l'oisive mollesse
Goûta des vains plaisirs l'amorce enchanteresse.

i.   7

Sous des lambris dorés un encens fastueux
Enivra de ces rois l'orgueil voluptueux ;
Et du flambeau des arts l'éclatante lumière
Fatiguait de leurs yeux la débile paupière.
Les timides talens, dans l'ombre retenus,
A leur servile cour languissaient inconnus.
Quelquefois abaissant leur fierté sourcilleuse,
S'ils prêtent d'un regard la faveur orgueilleuse,
Des. talens ingénus il fait rougir le front ;
Et leur plus grand bienfait n'est qu'un utile affront.
De ces rois cependant la stupide indolence
Applaudit aux discours de l'altière ignorance.
Dans l'éternel oubli tombés à leur réveil,
Leur règne ténébreux ne fut qu'un long sommeil.

Perfides courtisans ! votre coupable adresse
De ces rois malheureux égarait la faiblesse.
Sans doute vous disiez que les fils d'Apollon
Cultivent follement leur stérile Hélicon ;
Que d'un art chimérique adorateurs futiles ,
Loin d'offrir à l'état des citoyens utiles,
Ils bornent leurs essors à des objets si vains ,
Que jamais leur talent n'a servi les humains.

Frémissez , vils mortels ; les enfans d'Uranie
Embrassent l'univers dans leur vaste génie.
Bientôt leur vol échappe à vos timides yeux.
Vous rampez sur la terre ; ils planent dans les cieux.
Homère au vol de flamme y déploya ses ailes ;
Pindare en sut franchir les voûtes éternelles.

Lucrèce à la nature osa prêter sa voix ;
En vers harmonieux Solon dicta des lois.
Quel autre qu'un poète, au feu de la pensée,
Rassembla des humains la race dispersée ?
Eux seuls du feu céleste ont fait l'heureux larcin :
Le génie est un dieu qui brûle dans leur sein.
Vous, dont l'orgueil insulte à ces esprits sublimes,
D'un éternel affront vous serez les victimes :
La honte doit payer vos mépris insolens.

Prince, tu connais mieux l'empire des talens ;
Tu sais qu'un favori des filles de mémoire
Consacre dans ses vers et la honte et la gloire.
« Plus d'un roi par nos chants est devenu fameux :
» Notre gloire jamais n'a rien emprunté d'eux. » *
Muse de Frédéric, instruisez les monarques ;
Triomphez de l'orgueil, de l'envie et des Parques.

Du héros de Nerwinde, ô toi, rival heureux,
Prête aux arts qu'il aimait un appui généreux !
Sous des noms différens une même déesse
Te guide vers l'Olympe et m'entraine au Permesse.
Pallas armait ton bras de la foudre des rois :
Minerve, en souriant, m'inspire quelquefois.
Propice à mes efforts, tu daigneras peut-être
Favoriser des chants que ta gloire a fait naître,
Et les entendre encor dans ce temple de Mars
Où le goût sur tes pas va rassembler les arts.

* Ces deux vers sont du roi de Prusse, Frédéric II.

Puissé-je, dans ces lieux te consacrant ma vie,
Fouler d'un pied vainqueur les serpens de l'envie !
D'un seul de tes regards tu sauras dissiper
Ses perfides complots prêts à m'envelopper.
Elle craint des lauriers qui s'empressent d'éclore,
Et répand sur mes vers le fiel qui la dévore.
Monstre impur dont le souffle infectant les autels,
Empoisonne l'encens qu'on offre aux immortels !
Sans doute il frémirait qu'une plume savante
Eût tracé de ta gloire une image vivante.
En vain ses cris jaloux veulent troubler mes chants,
Et leur murmure aigu rend mes sons plus touchans.
Croassez, vils corbeaux, aux fanges du Parnasse :
Moi du cygne thébain j'ose imiter l'audace.

L'envie encor dira qu'en sa jeune ferveur
Mon âge peut trahir l'éclat de ta faveur.
Ris de ces vains discours : « Dans les âmes bien nées
» Tu comptes les talens et non pas les années. »
De Mars et des neuf sœurs les fils audacieux
Vont s'asseoir en naissant à la table des dieux.
Quand Mars de ses lauriers honora ton courage,
Charmé de ta valeur il oublia ton âge.

ÉPITRE IV.

A MONSIEUR DU BELLOI,

AUTEUR TRAGIQUE.

Toi qui fus de mon cœur la plus chère moitié,
Cesse enfin d'obéir aux conseils de la haine !
Ceins ton front des lauriers que t'offre Melpomène,
Et ne rejette pas les vœux de l'amitié.
Va ! mon cœur n'est point fait pour envier ta gloire :
On m'a vu le premier applaudir ta victoire.
Écarte un vain nuage et des soupçons jaloux
Qu'une haine étrangère a semés entre nous.

Quoi ! nos yeux et nos cœurs ont pu se méconnaître !
Quoi ! tu me regrettas sur un sauvage bord
Qu'éclairent à regret les feux glacés du Nord ;
Et dans l'heureux climat qui tous deux nous vit naître,
Nous suivons du courroux l'implacable transport !
Insensés ! nous croyons un aveugle rapport !
Ah ! la main la plus chère est souvent imprudente ;
Et le dard de Céphale a blessé son amante !
Le trait s'échappe ; il fuit, moins prompt que le remord.

Laisse aux auteurs obscurs une haine vulgaire ;
Mais nous qu'aime Apollon, et que Minerve éclaire,

Est-ce à nous de descendre à ces honteux débats
Qui flétrissent l'esprit, et ne le vengent pas ?
Ces guerres de l'esprit sont l'opprobre de l'âme.
Que par de vils complots Zoïle se diffame ;
La haine même est noble en des cœurs généreux ;
Une noire fureur ne ternit point ses feux.
Molière a pu cesser d'être ami de Racine ;
Applaudissait-il moins à sa muse divine ?
Même en se haïssant, ils s'estimaient tous deux ;
Mais que dis-je ? haïr ! non, non, je t'aime encore ;
La haine est désormais l'objet seul que j'abhorre.

Serions-nous ennemis, quand les Muses sont sœurs !
Le fiel doit-il aigrir leurs célestes douceurs ?
Et ton plus doux concert, ô docte Polymnie !
Vaut-il de l'amitié la touchante harmonie ?
Muse, reprends tes dons et tes lauriers vainqueurs,
Si les talens sont faits pour désunir les cœurs.
Que sert de cultiver les bords de l'Hippocrène,
Si la gloire, en pleurant, y recueille la haine ?
La gloire nous égare : ivre d'un fol honneur,
L'esprit veut des succès ; l'âme veut le bonheur :
Son bonheur est d'aimer et de se croire aimée.
La vie est dans l'amour, non dans la renommée.

Tranquille en ses foyers, ou voyageant loin d'eux,
A la ville, à la cour, dans les camps, au Parnasse,
Sans la douce amitié nul mortel n'est heureux.
Elle épura les vers de Virgile et d'Horace ;
Du charmant Euryale elle soutint l'audace ;

Elle ne change point quand le sort a changé ;
Nisus serre, en mourant, l'ami qu'il a vengé.
Mécène qu'elle inspire, ami fidèle et juste,
Du malheur de régner sut consoler Auguste.
Elle rend plus légers la couronne et les fers ;
Elle embellit l'exil ; elle orne les déserts ;
Elle vengeait Racine opprimé par l'envie.
En vain la sœur d'Esther languissait avilie ;
L'amitié d'un grand homme osant la soutenir,
Contre le siècle injuste arma tout l'avenir.
Boileau fut un public pour l'auteur d'Athalie.
Tout leur était commun, peines, plaisirs, travaux ;
Les faveurs de Louis, les injures des sots ;
Et même la dispute, armant ces cœurs de flamme,
Divisait leur esprit, sans diviser leur âme.
Demi-dieux de la France, hélas ! vous n'êtes plus !
Quels talens ! Ah ! du moins imitons leurs vertus.

Que Rufin se complaise en sa haine inflexible !
Le bel esprit est dur ; le génie est sensible.
Malheur à l'homme affreux, au cœur envenimé,
Que la voix d'un ami n'a jamais désarmé !
Périsse la vengeance et sa douceur cruelle !
Ah ! la sainte amitié doit seule être immortelle.
Étouffons pour jamais, dans nos embrassemens,
L'injuste et folle erreur de nos ressentimens.
Rendons-nous ces beaux jours, prémices de la vie,
Où l'émulation ne connaît point l'envie.
Comme l'amour des arts animait nos loisirs !
Comme nos jeunes cœurs confondaient leurs plaisirs !

Quels doux épanchemens de gloire et de tendresse !
Ah ! d'un bonheur si pur goûtons encor l'ivresse :
Ton cœur aime la gloire, il est digne de moi.
Mon cœur est vertueux, il est digne de toi.

A l'immortalité quand ils volent ensemble,
Que deux amis sont fiers du nœud qui les rassemble.
La veuve de Corneille a besoin d'un époux ;
Melpomène te nomme ; en puis-je être jaloux ?
L'étude nous unit ; le talent nous sépare.
Euripide t'est cher, et j'adore Pindare.
Quand la scène t'appelle aux tragiques honneurs,
L'ode aux ailes de flamme et l'élégie en pleurs,
Et l'auguste nature à mes yeux dévoilée,
M'éclairant des rayons de sa tête étoilée,
M'élèveront peut-être à ces doctes sommets
Où Marmontel et Blin n'arriveront jamais

~~~~~~

ÉPITRE V.

A MON FILS.

Wé en 1783, à l'époque des découvertes les plus étonnantes dans les arts, et de la paix la plus glorieuse.

O toi, né dans ce temps de prodiges semé,
Où tous les arts ont pris un essor enflammé,
Où, d'un cristal magique armant leur Zoroastre,
Herschel à l'univers ajoute un nouvel astre ;
Où des enfans de Penn vengeur audacieux,
Francklin soumet la foudre et désarme les cieux ;
Où, sans ailes, dans l'air s'élevant à ma vue,
Des Dédales français ont plané sur la nue ;
Jeune Alphonse, ô mon fils ! toi dont l'heureux berceau
Console mes regards des horreurs du tombeau,
Ah ! puisses-tu, croissant au milieu des merveilles,
Toi-même aux arts divins donner un jour tes veilles !
Puisses-tu, de ma lyre héritier généreux,
Consacrer leurs succès et toi-même avec eux !
Qu'un jour mes cheveux blancs s'ombragent de tes palmes !

Ton berceau voit nos lis et glorieux et calmes ;

Mars a conquis la paix ; la France arme ses ports ;
L'insolent léopard est chassé de nos bords ;
L'Europe vient de prendre un nouvel équilibre ;
L'Océan rompt ses fers, et l'Amérique est libre.
Enfant ! goûte l'espoir d'un avenir serein.

Mais la nécessité qui de son bras d'airain
Hélas ! vers le malheur courbe la race humaine,
Et soumit aux revers même le fils d'Alcmène ;
Cette nécessité qui vint, dans sa rigueur,
Lier mon front superbe au char de la grandeur,
Peut-être maîtrisant tes jeunes destinées,
De souffles orageux troublera tes années.

Arme-toi de courage, alors sois tout mon fils !
Le palmier, sous les vents, croît aux bords de Memphis.
L'habile nautonier, disciple de l'orage,
Empruntant du péril son art et son courage,
Des vents, même opposés, déconcerte l'effort,
Et contraint leur furie à le conduire au port.
Je l'imitai ; suis-moi ; donne le même exemple ;
Aux grands cœurs à ce prix la gloire ouvre son temple.
C'est du sein de la mort et de l'adversité
Qu'Alcide s'élevait à l'immortalité.

Un autre te dira, dans son langage esclave,
Comme on sert la fortune, et moi, comme on la brave.
Connais et la bassesse et les crimes de l'or.
Que la sainte vertu soit ton premier trésor !

me toujours loin de toi la céleste indulgence
æpousse également Plutus et l'indigence !
mfant ! ne perds jamais ta naïve candeur.
dh ! si tu devais rendre, esclave sans pudeur,
aux passions des grands de coupables services,
t ramper aux honneurs par le sentier des vices ;
. tu devais souiller ta naissance et ton nom,
aue ton lait, à mes yeux, se change en noir poison !
aue dis-je ? ciel ! ô ciel ! écarte un vain présage !
Ilphonse de ses jours doit faire un noble usage.

Mon fils, contre Vénus je ne veux point t'armer :
Né d'un sang amoureux, tu dois sans doute aimer.
dh ! qui n'aimerait pas le doux sexe des grâces ?
mui seul fait nos plaisirs, hélas ! et nos disgrâces.
aes pleurs de l'élégie ont arrosé mes vers ;
ii tu les lis un jour, tu sauras mes revers.
Lh ! plus heureux que moi, sur les rives de Gnide
u'nisses-tu ne trouver jamais d'Adélaïde !
j'uisse une autre Fanni, source de tes regrets,
rUn jour ne point changer tes myrtes en cyprès !
rAux nymphes d'Amathonte, à leurs folles ivresses,
référe des neuf sœurs les fidèles caresses.
Trompé de la fortune et trahi de l'amour,
aTe me réfugiai vers leur paisible cour :
Le bonheur m'attendait dans les bras de la gloire ;
Le sarts ont de mes pleurs adouci la mémoire,
C'est par eux qu'avec toi je puis m'entretenir ;
Par eux je te rends cher aux siècles à venir.

Des Muses et des arts douce et frêle espérance !
Mon fils, laisse contre eux murmurer l'ignorance ;
D'un vulgaire insensé dédaigne les mépris.
Heureux qui de la gloire enfin cueille le prix !
Ce prix cherche l'audace et fuit les mains timides.
Un dragon défendait le fruit des Hespérides :
Le Pinde a ses lauriers dont il est plus jaloux.
Ah ! la gloire ! la gloire est un trésor si doux !
Noble amant de la gloire et non de ses vains titres,
Je bravai du succès les frivoles arbitres :
Mon silence étonna la déesse aux cent voix :
Qui sait l'attendre, un jour lui peut donner des lois
Emule généreux des aigles du Parnasse,
Ton père quelquefois atteignit leur audace.
Que mon vol soit un jour devancé par le tien !
Ce triomphe, ô mon fils ! serait encor le mien.

Et vous, dieux de mon âme, ô mes amis fidèles !
Si je meurs, de l'aiglon vous soutiendrez les ailes.
Qu'à vos destins heureux son destin soit lié !
Je dépose mon fils au sein de l'amitié.

ÉPITRE VI.

A M. LE COMTE DE ***.

O champs! disait Horace, ô paisible retraite!
Quand pourrai-je te voir? quand pourrai-je en ton sein,
     Loin de Rome, oublier enfin
Les jours trop agités d'une vie inquiète?
Tibulle s'écriait, avec un doux chagrin,
Pour habiter la ville il faut un cœur d'airain!
    Comme eux, amant de la nature,
Dans un champêtre asile, entre Flore et Zéphyr,
Cher ami, je la goûte et plus libre et plus pure.
Mon âme avec les fleurs s'y vient épanouir.
Ce rapide moment, qu'on appelle la vie,
    Est si prompt à s'évanouir!
C'est presque le fixer que d'en savoir jouir.

Mais jouissons du moins sans irriter l'envie;
    Toujours l'éclat nuit au plaisir.
    Dans un sage et riant loisir,
Couronner son printemps des roses de Cythère;
    Unir, à l'ombre du mystère,
    La décence et la volupté;
Sain d'esprit et de corps, penser en liberté;
  11.   8

Quelquefois, d'une main légère,
Badiner sur un luth par les grâces monté ;
Chérir les arts sans vain système ;
Donner à la nature et son cœur et ses yeux ;
Raisonner moins pour sentir mieux ;
Jouir sans abuser, ne vouloir rien d'extrême ;
Être utile aux humains, mais sans régner sur eux ;
Voir peu les rois ; être roi de soi-même ;
Nuls flatteurs, des amis, cœurs vrais et généreux,
Que notre bonheur rend heureux ;
Aimer, vivre sans cesse auprès de ce qu'on aime,
Trouver dans sa Délie amour, grâces, candeur ;
Ami, j'en appelle à ton cœur,
N'est-ce point là le bien suprême ?

LES

VEILLÉES DU PARNASSE,

POÈME EN QUATRE CHANTS.

LES
VEILLÉES DU PARNASSE.

CHANT PREMIER.

ORPHÉE ET EURYDICE.

(VIRGILE , *Géorg.*, liv. IV.)

Quand Borée aux zéphyrs déclare enfin la guerre,
Et ramène en grondant les frimas sur la terre ;
Quand la nuit, prolongeant sa course dans les cieux,
Semble usurper du jour l'empire radieux,
Il est sur l'Hélicon de charmantes veillées.

Là, sous l'abri secret des grottes reculées,
Les Muses tour à tour, d'un récit enchanteur,
Trompent des longues nuits l'importune lenteur.

Une nuit que Phébus, jaloux de les entendre,
A l'insu de Thétis, près d'elles vint se rendre,

8.

La sensible Érato voulut chanter l'amour ;
Pour la tendre amitié, Calliope eut son tour ;
Et la vive Thalie, au folâtre sourire,
Joignit son luth badin à leur touchante lyre.
Permesse, impatient d'écouter leurs concerts,
S'arrête, et l'aquilon n'ose troubler les airs.

Mes sœurs, dit Érato, si je romps le silence,
C'est amour qui le veut ; tout lui doit la naissance ;
Vous-mêmes lui devez la lumière des cieux ;
Les dieux ont fait le monde, amour a fait les dieux.

Parmi vous cependant sa flamme est condamnée,
Mais craignez-vous l'amour conduit par l'hyménée ?
Pour deux tendres époux je demande vos pleurs.
Hélas ! peindre l'amour, c'est peindre des malheurs ;
Orphée en est la preuve, et mon récit l'expose ;
Mais je dois de ses maux vous retracer la cause.
O mes sœurs ! Gardons-nous d'offenser les amans ;
Il est, il est des dieux qui vengent leurs tourmens.

Dans ces riaus vallons où le fleuve Pénée
Promène entre des fleurs son onde fortunée,
Poursuivi du destin, un berger demi-dieu
Avait dit à ces bords un éternel adieu.
Aristée est son nom : loin de ce doux rivage,
Pleurant ses doux essaims que la Parque ravage,
Aristée égarait ses pas et ses douleurs :
Aux sources du Pénée il accourt tout en pleurs ;
Et là, tendant les mains vers ces grottes profondes :
» O Cyrène, ô ma mère, ô nymphe de ces ondes,

Du plus brillant des dieux si j'ai reçu le jour,
Si vous êtes ma mère, où donc est votre amour?
Eh! que m'importe, hélas! cette illustre origine,
Si les destins jaloux ont juré ma ruine?
Est-ce là ce bonheur que vous m'aviez promis;
Cet Olympe où les dieux attendaient votre fils?
Un seul bien ici-bas (mes abeilles si chères!)
Eût de mes jours mortels adouci les misères;
C'étaient les plus doux fruits de mes soins assidus;
Et vous êtes ma mère, et je les ai perdus!
Cruelle! de mes pleurs ne soyez point avare;
Au sein de mes agneaux plongez un fer barbare;
Et que mes jeunes ceps expirent sous vos coups,
Si le bonheur d'un fils arme votre courroux. »

Cyrène, assise au fond de sa grotte azurée,
Entend le bruit confus d'une plainte égarée;
Ses nymphes l'entouraient : sur leurs fuseaux légers
Brille un lin de Milet teint de l'azur des mers.
Là sont en foule Opis, Glaucé, Pyrrha, Nééré,
Cydippe, vierge encor, Lycoris déjà mère;
Nésé, Spio, Thalie, et Dryope, et Naïs
(Leurs blonds cheveux flottaient autour d'un sein de lys),
Xante, Éphir, jeunes sœurs, filles du vieux Nérée,
Ceinte d'or, l'une et l'autre, et d'hermines parée;
Et l'agile Aréthuse abjurant le carquois,
Et la jeune Clymène à la brillante voix.

Pour charmer leurs loisirs, Clymène, au milieu d'elles,
Leur chantait de Vénus les amours infidèles,

Les doux larcins de Mars, les fureurs de Vulcain,
Et ses réseaux, tissus d'un invisible airain.
Les nymphes, en filant, écoutaient ces merveilles,
Quand un lugubre cri frappe encor leurs oreilles.
Cyrène, en pâlissant, tremble à ce cri fatal.
Chaque nymphe se trouble en son lit de cristal ;
Leur immobile effroi garde un morne silence.
Plus prompte que ses sœurs, Aréthuse s'élance,
Et, jetant ses regards sur la face des eaux,
Lève sa tête humide et ceinte de roseaux ;
Et de loin : « O Cyrène ! ô mère infortunée !
Ton fils !... il est en pleurs aux sources du Pénée ;
Il te nomme barbare. » A ces tristes récits,
« Va, cours, vole, Aréthuse ; amène-moi mon fils ;
Il a droit de descendre en nos grottes sacrées. »

Elle dit : à sa voix les ondes séparées,
Se courbant tout-à-coup en mobiles vallons,
Reçoivent Aristée en leurs gouffres profonds.
Il s'avance, étonné, sous ces voûtes liquides,
Admire avec effroi ces royaumes humides,
Tous ces fleuves grondant sous leurs vastes rochers,
Et la source du Nil, inconnue aux nochers,
Et l'Èbre, et le Caïque, et le Phase, et le Tibre,
Orgueilleux d'arroser les champs d'un peuple libre ;
L'Hypanis à grand bruit sur des rocs écumant,
Et le mol Anio s'écoulant lentement,
Et l'Éridan fougueux qui, dans les mers profondes,
Précipite en grondant le tribut de ses ondes.

Quand il a pénétré ces liquides palais,
Cyrène, en l'embrassant, calme ses vains regrets ;
Chaque nymphe, à l'envi, sert le jeune Aristée.
Les unes sur ses mains versaient l'onde argentée;
Un lin blanc les essuie ; et d'autres à ses yeux
Offraient les coupes d'or, les mets délicieux.
Mais Cyrène : « O mon fils ! que cette liqueur pure
Coule pour l'Océan, père de la nature,
Pour les nymphes des bois, des fleuves et des mers ! »
Elle dit : l'encens fume et les vœux sont offerts.
Trois fois le vin se mêle aux flammes odorantes;
Trois fois la flamme vole aux voûtes transparentes.

« O mon fils, dit Cyrène, à ce présage heureux,
Non loin des flots d'Égée est un devin fameux ;
C'est l'antique Prothée aux regards infaillibles.
Sur des coursiers marins il fend les mers paisibles.
Il court vers l'Émathie, et côtoyant nos ports,
De Pallène déjà son char touche les bords.
C'est l'oracle des mers : les dieux lui font connaître
Et tout ce qui n'est plus, et tout ce qui doit être.
Ainsi le veut Neptune ; et lui seul, sous les eaux,
Fait paître de ce dieu les énormes troupeaux.
Il sait de vos malheurs la source et le remède,
Mais par de longs soupirs c'est en vain qu'on l'obsède.
Son oracle est le prix de qui l'ose dompter;
C'est lui que votre audace enfin doit consulter.
Moi-même, dès que l'astre, embrasant l'hémisphère,
Aux troupeaux altérés, rendra l'ombre plus chère,
Je veux guider vos pas vers l'antre où le vieillard,

Loin du jour et des mers se repose à l'écart.
C'est là que le sommeil invite à le surprendre.
Chargez-le de liens ; mais, prompt à se défendre,
A vos yeux, sous vos mains, il se roule en torrent,
Gronde en tigre irrité, glisse et siffle en serpent,
Dresse, en lion fougueux, sa crinière sanglante,
Et tout-à-coup échappe en flamme pétillante ;
Mais plus le dieu mobile est prompt à s'échapper,
Plus de vos nœuds pressans il faut l'envelopper.
Vaincu, chargé de fers, qu'il vous rende Prothée. »

D'ambroisie à ces mots parfumant Aristée,
Cyrène lui souffla l'espoir d'être vainqueur ;
Ses membres respiraient l'audace et la vigueur.

Dans les flancs caverneux d'un roc battu de l'onde
S'ouvre un antre ; à ses pieds, le flot bouillonne et gronde...
Mais il creuse à l'entour deux golfes, dont les eaux,
Loin des vents orageux accueillent les vaisseaux.
Le vieillard, de ce roc aime le frais et l'ombre ;
Cyrène y met son fils vers le flanc le plus sombre,
Et se dérobe au fond de son nuage épais.

Déjà l'astre du jour, enflammant tous ses traits,
Des fleuves bouillonnans tarit l'urne profonde,
Et du haut de sa course il embrase le monde ;
Des feux du Sirius tout l'air est allumé.

Prothée alors, nageant vers l'antre accoutumé,
Voit les monstres, autour de sa grotte sauvage,
D'une rosée amère inonder le rivage,

Et dans sa grotte assis, loin des feux du soleil,
Compte ses lourds troupeaux que presse un lourd sommeil.

A peine il s'endormait que le fils de Cyrène
S'élance, jette un cri, le saisit et l'enchaîne.
Prothée, en s'éveillant, s'agite dans ses fers;
Et, surpris des liens dont ses bras sont couverts,
Rappelant de son art les merveilles en foule,
Tigre, flamme, torrent, gronde, embrase, s'écoule.
Vains efforts! et cédant au bras victorieux,
A lui-même rendu, sa voix l'annonce aux yeux;
« Que me veut ton audace, ô jeune téméraire ?
Et qui te fait tenter ma grotte solitaire ? »

« Divin pasteur des eaux, tu le sais mieux que moi;
Mes revers et les dieux guident mes pas vers toi :
Parle, j'attends mon sort de ta bouche sacrée. »

Prothée alors frémit; sa prunelle égarée
Roule un bleuâtre éclat dans ses yeux menaçans,
Et sa bouche au destin prête ces fiers accens :
« Les dieux sont irrités : leur courroux légitime
N'égale point encor ton supplice à ton crime.
Ou sein des morts, Orphée arme ces dieux vengeurs.
Souviens-toi d'Eurydice enlevée à ses pleurs,
Tu poursuivais la nymphe; hélas! son pied timide
Foule un serpent caché sur la rive perfide;
Il l'atteint; elle expire : ô douleurs! ô regrets!
Ses compagnes en pleurs font gémir les forêts,
Ou Rhodope attendri les rochers soupirèrent;
Dans leurs antres sanglans les tigres la pleurèrent.

Mais lui, belle Eurydice, en des bords reculés,
Seul et sa lyre en main, plaint ses feux désolés :
C'est toi quand le jour naît, toi quand le jour expire,
Toi que nomment ses pleurs, toi que chante sa lyre.
Mais que ne peut l'amour ? Orphée, aux sombres bords
Ose tenter, vivant, la retraite des morts,
Ces bois noirs d'épouvante, et ces dieux effroyables,
Aux larmes des humains toujours impitoyables.
Il chante ; tout s'émeut, et du fond des enfers
Les mânes accouraient au bruit de ses concerts.
Tels, quand d'un soir obscur grondent les noirs orages
D'innombrables oiseaux volent sous les ombrages,
Telles autour d'Orphée erraient de toutes parts
Les ombres des héros, des enfans, des vieillards,
Et ces fils qu'au bûcher redemandent leurs mères,
Et ces jeunes beautés à leurs amans si chères :
Peuple léger et vain, que de ses bras hideux
Presse neuf fois le Styx qui mugit autour d'eux.
De l'Erèbe à sa voix les gouffres tressaillirent ;
Sur leur trône de fer les Parques s'attendrirent ;
L'Euménide cessa d'iriter ses serpens,
Et Cerbère retint ses triples hurlemens.

Déjà l'heureux Orphée est vainqueur du Ténare ;
Il ramène Eurydice échappée au Tartare ;
Eurydice le suit (car un ordre jaloux
Défend encor sa vue aux yeux de son époux).
Mais, ô d'un jeune amant trop aveugle imprudence !
Si l'enfer pardonnait, ô pardonnable offense !
Orphée impatient, troublé, vaincu d'amour,

S'arrête , la regarde , et la perd sans retour.
Plus de trêve , Pluton redemande sa proie ;
Trois fois le Styx avare en murmure de joie.
Mais elle : Ah ! cher amant , quel aveugle transport ,
Et nous trahit tous deux , et me rend à la mort !
Déjà le noir sommeil flotte sur ma paupière ,   ☙
Déjà je ne vois plus tes yeux ni la lumière ;
Orphée ! un dieu jaloux m'entraîne malgré moi ,
Et je te tends ces mains qui ne sont plus à toi.
Adieu !..... L'ombre à ce mot fuit comme un vain nuage.
Son amant veut encor la suivre au noir rivage ;
Mais comment repasser le brûlant Phlégéton ?
Comment fléchir deux fois l'inflexible Pluton ?
Quels pleurs, ou quels accens lui rendraient son épouse ?
L'ombre pâle est déjà dans la barque jalouse.

Sur les bords du Strymon déplorant ses revers ,
Orphée erra sept mois en des rochers déserts.
Aux tigres, aux forêts il conta ses disgrâces :
Les tigres, les forêts gémirent sur ses traces.
Telle pleurant, la nuit, sur un triste rameau,
Ses fils, sans plume encor, ravis dans leur berceau,
Philomèle , charmant les forêts attentives ,
Traîne ses longs regrets en cadences plaintives.
Ah ! depuis qu'Eurydice est ravie à ses feux ,
Nul amour, nul hymen ne flattent plus ses vœux.
Son désespoir l'égare ; il franchit dans sa course
Ces monts affreux où luit le char glacé de l'Ourse :
Il pleurait ses amours, hélas ! deux fois trahis,
Quand tout-à-coup , ô rage ! ô forfaits inouis !

9

Les bacchantes en foule assiégeant le Riphée,
De leurs jalouses mains déchirèrent Orphée,
Lui percèrent le cœur de leurs thyrses sanglans,
Et semèrent au loin ses membres palpitans.
Dans l'Èbre impétueux sa tête fut jetée ;
Mais tandis qu'elle errait sur la vague agitée,
Ses lèvres, qu'Eurydice animait autrefois,
Et sa langue glacée et sa mourante voix,
Sa voix disait encore : O ma chère Eurydice !
Et tout le fleuve en pleurs répondait Eurydice ! »

A ces mots, tout-à-coup élancé dans les mers,
Protée a disparu sous les flots entr'ouverts.

CHANT SECOND.

———————

(Après une transition, pour amener son récit, Calliope raconte un trait d'amitié consacré par Virgile, Énéide, liv. ix.)

NISUS ET EURYALE.

Nisus, épris de gloire et cherchant les combats,
D'Énée aux bords du Tibre avait suivi les pas.
Nul guerrier ne sut mieux, d'une adresse intrépide,
Darder le javelot, lancer le trait rapide ;
Ida l'avait nourri pour le métier de Mars ;
Tout jeune, il y perçait les monstres de ses dards.
A ses soins vigilans, dans l'absence d'Énée,
D'une porte du camp la garde fut donnée.

Là, veillait Euryale, enfant plein de valeur,
Le charmant Euryale en sa première fleur.
Comme on voit deux palmiers, délices d'un rivage,
Réunir leurs rameaux, confondre leur ombrage ;
Ils s'élèvent ensemble, et de leurs fronts naissans
Ils vont chercher l'Olympe et défier les vents :
Tels ces jeunes guerriers, réunissant leurs armes,
Cherchaient la gloire ensemble, et volaient aux alarmes,
Inséparables cœurs ! prodige d'amitié !

Le même poste encor leur était confié.
Quand Nisus tout-à-coup : Est-ce un dieu qui m'inspire,
O mon cher Euryale ! ou de ce qu'il désire
Notre cœur aveuglé se ferait-il un dieu ?
Je frémis du repos ; je sens qu'un noble feu
A quelque grand exploit appelle mon courage.
L'ennemi dans son camp repose sans ombrage.
Vois ces feux presque éteints, ces postes négligés,
Et leurs soldats épars dans l'ivresse plongés ;
La plaine au loin se tait, d'ombres enveloppée.
Tiens, voici le projet dont mon âme est frappée.
Turnus au camp troyen va fondre avec le jour ;
Chefs, soldats, tous d'Énée implorent le retour ;
Tous voudraient que du moins un guerrier plein de zèle,
De son camp menacé lui portât la nouvelle :
Ami, ce sera moi, s'ils t'en donnent le prix ;
Je ne veux que l'honneur de l'avoir entrepris.
Je sais vers ce coteau quelle route écartée
Me conduira dans l'ombre aux murs de Pallantée. »

Amoureux de périls et de gloire enflammé :
« Quoi, Nisus ! c'est ainsi qu'Euryale est aimé !
Tu veux sans moi, cruel, affronter les alarmes,
Crains-tu d'associer mon courage à tes armes ?
Sur ma jeune valeur as-tu quelques soupçons ?
Aurais-je de mon père oublié les leçons ?
Toi-même oublirais-tu que Mars, dans nos murailles,
Entoura mon berceau d'armes, de funérailles ?
Depuis que nous servons sur ces bords étrangers,
M'as-tu vu près de toi pâlir dans les dangers ?

Ce cœur brave la mort : ce cœur qui t'est fidéle
Paîrait de tout son sang la gloire qui t'appelle. »

« Ami, répond Nisus, garde-toi de penser
Que d'un pareil soupçon je veuille t'offenser.
Et toi, grand Jupiter ! vous tous, dieux que j'implore !
Accordez-moi de vaincre et de le voir encore.
Dieux ! qu'un si doux moment paîrait bien ma valeur !
Mais si le sort jaloux me gardait un malheur
(Car aux coups hasardeux tu sais qu'il en arrive),
Je prétends qu'à mes jours ton amitié survive.
Ta vie est dans sa fleur, je dois la ménager :
Vis donc ! et si ce n'est, hélas ! pour me venger,
Du moins pour racheter et poser dans la tombe
Le corps de ton ami, si ton ami succombe.
Ou si l'on m'enviait un si triste bonheur,
Qu'au moins d'un vain tombeau je te doive l'honneur.
Ciel ! j'exposerais une tête si chère ?
Et dans ce deuil affreux je plongerais ta mère,
Ta mère, hélas ! qui seule, en ces bords ennemis,
Malgré les flots et Mars, voulut suivre son fils ! »

« Cesse, dit Euryale, un obstacle funeste.
Je te suivrai ; partons, les dieux feront le reste. »
Il dit : leur veille passe à deux guerriers voisins.
Le couple impatient se livre à ses destins.
Sur les pas de Nisus Euryale s'élance ;
Vers la tente d'Iule ils marchent en silence.

9.

La nuit du haut des airs verse le doux sommeil ;
Tout dort. Seuls, près d'Iule, en un secret conseil
Veillaient du camp troyen tous les chefs invincibles ;
D'une main appuyés sur leurs piques terribles,
De l'autre ils soutenaient leurs pesans boucliers.
L'absence de leur roi fait gémir ces guerriers :
A travers l'ennemi quel généreux courage
Pourrait jusqu'au héros se frayer un passage ?
Qui l'osera ? Soudain les deux braves amis
S'annoncent au conseil, demandent d'être admis :
Iule avec transport voit leur impatience,
L'accueille, et par ces mots Nisus rompt le silence :

« Magnanimes Troyens, soyez-nous indulgens ;
En faveur du projet, faites grâce à nos ans.
Jeunes, mais occupés de la cause commune,
Nos regards, cette nuit, épiaient la fortune.
Le Rutule est vaincu de sommeil et de vin :
Vers la porte du camp dont Neptune est voisin,
En un double sentier la route se partage ;
Leurs feux n'y veillent plus, et livrent ce passage.
Si vous nous permettez de nous saisir du sort,
Par cette route, ouverte à notre heureux effort,
Nous allons, nous trouvons le roi dans Pallantée,
Il en sort ; l'ennemi, sous sa main indomptée,
Tombe : nous revenons sanglans, victorieux ;
Demain avec le jour Énée est en ces lieux.
Et la route ne peut égarer notre audace ;
Cent fois, dans ces vallons, entraînés par la chasse,

De Pallantée, au loin, nos yeux virent les tours,
Et du fleuve et du bois nous savons les détours. »

Le vieux, le sage Alèthe, ému, saisi de joie !
« Grands dieux ! s'écria-t-il, dieux protecteurs de Troie !
Oui, vous aimez encor ses restes malheureux,
Puisque vous leur donnez de ces cœurs généreux ! »

A ces mots, le vieillard les serre, les embrasse,
Les baigne de ses pleurs : « Jeune et vaillante race !
D'un service si grand quel sera le loyer ?
Votre cœur et les dieux peuvent seuls vous payer ;
Mais comptez sur les dons d'un héros magnanime,
Sur la reconnaissance éternelle, unanime
De son fils, et d'un peuple à qui votre grand cœur
Va rendre avec Énée et la vie et l'honneur. »

« Oui, dit le jeune Iule, oui, rendez à mes larmes
Un héros qui peut seul dissiper nos alarmes.
Au nom de tous les dieux, de ma race adorés,
Au nom de Vesta même et de ses feux sacrés,
Volez, braves amis, c'est en vous que j'espère,
Et je vous devrai tout, si je vous dois mon père.
Nisus, je te promets deux beaux vases gravés,
Par mon père vainqueur dans Arisbe enlevés,
Deux trépieds, deux talens, la coupe d'or antique,
Riche don que me fit cette reine d'Afrique ;
Mais si nous parvenons à l'empire latin,
Si jamais, triomphant, je préside au butin,
N'as-tu pas de Turnus, quand il vole aux alarmes,

Vu le coursier superbe et les brillantes armes?
Hé bien! ce que tu vis, ces armes, ce coursier,
Sa cuirasse d'argent, son riche bouclier,
Et ce beau casque d'or qu'un aigle d'or couronne,
Dès ce moment, Nisus, à toi seul je les donne:
Mon père ajoutera douze jeunes beautés,
Avec douze captifs par lui-même domptés.
Ce champ, de Latinus aujourd'hui l'héritage,
Ce champ, n'en doute pas, sera dans ton partage.
Pour toi, bel Euryale, enfant déjà héros,
Puisque le sort voulut presque unir nos berceaux,
Je veux que désormais une chaîne commune
Nous unisse de cœur, de gloire et de fortune. »

« Prince, si je survis à ces nobles essais,
On ne me verra point démentir leurs succès :
Mais, poursuit Euryale, à ces dons que j'honore,
Daignez joindre une grâce, hélas! plus chère encore : :
J'ai, seigneur, une mère! et jusqu'en ces climats
Son amour inquiet a suivi tous mes pas;
Digne sang de nos rois dont elle est descendue,
Rien n'a pu retenir sa tendresse éperdue.
Ni l'amour qu'elle doit aux rivages troyens,
Ni les bienfaits d'Aceste aux bords siciliens.
Son cœur a tout quitté. Maintenant je la laisse,
Et lui cache un péril, affreux pour sa tendresse;
Je lui dérobe, hélas! ma vue et mes adieux;
Je pars sans l'embrasser : car j'atteste les dieux
Que jamais.... non, jamais mon âme déchirée

Je soutiendrait l'aspect d'une mère éplorée !
Dans ce triste abandon, seigneur, daignez la voir ;
Consolez sa douleur ; flattez son désespoir ;
Mon cœur vole aux dangers avec plus d'assurance,
Si j'obtiens en partant cette douce espérance. »

A ces vœux d'un guerrier noblement ingénus,
A ce touchant discours, tous les Troyens émus
Fondent en pleurs : surtout le jeune fils d'Énée,
D'une amère douleur a l'âme consternée ;
Et l'image d'un père est vivante à ses yeux.

Poursuis, cher Euryale, un projet glorieux,
Je promets tout : je fais ma mère de la tienne ;
Il ne lui manquera que le nom de la mienne,
Le seul nom de Créuse ! et c'est assez pour moi
Que son sein ait produit un enfant tel que toi.
Je fais plus : que le sort soit propice ou contraire
(J'en jure par ma tête et celle de mon père),
Ces prix que t'eût donnés mon cœur reconnaissant,
Je les donne à ta mère, à tous ceux de ton sang. »

Il dit, et d'une main, de ses larmes trempée,
Se dépouillant alors de sa superbe épée,
Captive dans l'ivoire, étincelante d'or,
Il en arme Euryale, en l'embrassant encor.

Au valeureux Nisus, Mnestée aussi présente
D'un lion qu'il dompta la dépouille effrayante :

Alèthes avec lui change de bouclier,
Et d'un casque bruni charge son front guerrier.
Le couple armé s'éloigne ; une foule attendrie
Pleure et les recommande aux dieux de la patrie.
Iule, qui les suit dans ces derniers instans,
Leur confiait encor des ordres importans ;
·Vains bruits que l'aquilon disperse dans la nue !

Ils volent ; le camp fuit, la plaine est disparue ;
La nuit les favorise, et d'un pas hasardeux
Aux postes ennemis ils pénètrent tous deux.

Que de sang va couler sous leur main vengeresse !
Leurs yeux trouvent partout le sommeil et l'ivresse,
Les chars loin des coursiers, les guides sous les chars,
Coupes, armes, soldats, confusément épars.

« Voici l'instant du glaive, et voilà notre route,
Dit Nisus, le fer nu ; viens, Euryale, écoute ;
Veille sur l'ennemi qui peut m'envelopper ;
Vois tout, observe tout ; c'est à moi de frapper,
Et ce fer va t'ouvrir une assez large voie. »

Il dit, se tait, et frappe, et Rhamnès est sa proie.
Du superbe Rhamnès les membres assoupis
Reposaient mollement sur de riches tapis.
Dans les flots de son sang sa vie est étouffée,
Quand sa bouche à grand bruit respirait tout Morphée ;
Roi devin qui n'a pas su deviner sa mort.
Trois esclaves du prince en partagent le sort.

isus dévoue au glaive et l'écuyer de Rhême,
: le guide du char entre les coursiers même :
æ leur maître égorgé la tête, en bondissant,
oule, inonde et son lit et la terre de sang.
umyre, tu péris ! et toi, Sarrane encore,
oi qui devais au jeu veiller jusqu'à l'aurore,
malheureux ! tu cédas aux charmes du sommeil,
mis, à peine assoupi, la mort fut ton réveil.

omme un lion pressé par une faim brûlante,
ttaque dans ses murs la nation bêlante,
ravage, il déchire, il traîne avec fureur
   peuple mol, et doux, et muet de terreur;
 gueule en feu rugit de carnage trempée :
Il Nisus dans le sang abreuvait son épée.

iis le fer d'Euryale, ivre d'un beau courroux,
 s'est point signalé par de moins nobles coups :
æntasse le meurtre, et son glaive dévore
lbès, Fadus, Abar, qui sommeillaient encore.
bétus, seul éveillé, voyait tout; et sa peur
stait fait d'un grand vase un asile trompeur :
 tête, qui déjà se croyait échappée,
ese relevait, tombe au même instant frappée;
IRutule abattu roule, et dans les sanglots
mit le vin, le sang et la vie à longs flots.

rryale s'élance, et sa fougue imprudente
int encor de Messape ensanglanter la tente.
marche à la pâleur de ces feux presque éteints,
es des coursiers épars, sans conducteurs, sans freins.
ais Nisus l'arrêtant : « C'est assez de carnage,

» Craignons le jour ; volons par ce noble passage. »
Il dit : du seul honneur leur courage affamé,
Laisse un riche butin sur la terre semé ;
Quand de Rhamnès, hélas ! et l'écharpe fatale ,
Et le baudrier d'or vient tenter Euryale.
Malheureux Euryale ! aveuglé du destin ,
Tu saisis vainement ce funeste butin !
L'imprudent ! il y joint le casque de Messape ;
Ce casque dont l'aigrette et l'invite et le frappe,
Sur sa tête superbe étincelle un moment,
De ce front enchanteur dangereux ornement !
Enfin du camp fatal ils ont franchi l'enceinte.

Cependant accouraient, semant au loin la crainte,
Vers ce camp malheureux, sur d'agiles coursiers,
En bruyant escadron, trois cents braves guerriers :
Volcens est à leur tête ; et de loin, parmi l'ombre,
Dont le casque brillant perçait l'horreur moins sombre
Il croit voir deux guerriers qui, vers le bois voisin,
S'échappaient : il accourt, il les voit, et soudain :
» Arrêtez ! arrêtez, jeunesse fugitive !
D'où vient, où va, que veut votre course furtive ?
Arrêtez ! répondez ! » Muet, le couple fuit,
Se jette dans le bois, espère que la nuit
Les sauvera du moins sous ses ombres mourantes,
Et dans les longs détours des routes différentes,
Volcens, qui veut fermer toute issue à la fois,
Divise l'escadron , le sème autour du bois;
Bois sombre, antique ombrage, où la plus noire nuit
Verse un deuil éternel sous sa feuille ennuyeuse,

Et qui, d'épais buissons partout entrelacés,
N'offrent qu'affreux sentiers de ronces hérissés.

Euryale troublé, que sa proie embarrasse,
Du sentier de Nisus vient de perdre la trace ;
Il s'égare : Nisus, le croyant sur ses pas,
Vole, et trompe, en fuyant, Volcens et le trépas.
Il vole ; il a franchi, dans sa course rapide,
Les bords des lacs albains et leur source limpide :
Il touche au doux rivage, à ces vallons si beaux
Où du roi Latinus paissent les grands troupeaux.

Plein de joie, il s'arrête. O surprise fatale !
Il regarde, et son œil cherche en vain Euryale.
« Imprudent ! qu'ai-je fait ? O jeune infortuné !
Cher ami ! quoi ! Nisus t'aurait abandonné ! »

Il ne dit pas, il vole ; il revoit ces bois sombres,
Lasse tous les sentiers, perce toutes leurs ombres,
Et demande Euryale à leur muette horreur.
Tout-à-coup il entend un bruit plein de terreur,
Des coursiers, des soldats, et cette voix si chère !
Il s'élance, il franchit la forêt solitaire ;
Il voit son Euryale, ô dieux trop inhumains !
Surpris et non vaincu, se débattre en leurs mains.

Ah ! comment le ravir au fer qui le menace ?
Que peut son désespoir, sa force, son audace ?

Ira-t-il se jeter parmi les glaives nus,
Et rejoindre, en mourant, Euryale et Nisus?

Soudain d'un bras terrible il prend son arc fidèle,
Et regardant les cieux : « O lumière immortelle!
Brillant honneur des nuits, Diane! entends ma voix.
Si ton arc me fut cher, si j'adore tes lois,
Viens ravir ce que j'aime à des mains meurtrières,
Viens diriger le vol de mes flèches guerrières,
Abandonne à mes traits cet escadron nombreux,
Fais voler et la fuite et la mort avec eux! »

Il dit; et ployant l'arc d'une main aguerrie,
Lance un trait qui fend l'ombre, et siffle avec furie :
Il frappe au cœur Sulmon; le Volsque chancelant
Tombe, et sous son coursier se débat tout sanglant.
L'escadron en frémit, et cherche en vain la trace :
Nisus, dont le succès encourage l'audace,
Saisit, lance avec force un de ses traits aigus,
Et d'une tempe à l'autre en va percer Tagus :
La cervelle blanchit la flèche ensanglantée;
Et ce coup fait pâlir la troupe épouvantée.

L'affreux Volcens rugit; et son ardent courroux
Ne sachant où porter la fureur de ses coups,
Il regarde Euryale, et d'un ton plein de rage,
Le bras levé : « Ton sang va payer ce carnage. »
A ce mot, à ce geste, à la lueur du fer,
Pâle, troublé, Nisus vole, et d'un cri fend l'air:

« Moi ! c'est moi ! j'ai tout fait, frappez votre victime ;
Celui-ci n'a voulu ni pu faire le crime ;
J'en atteste ce ciel, cette nuit et ces feux !
Son crime est d'aimer trop un ami malheureux ! »

En vain priait Nisus ; l'inexorable épée
Du beau sang d'Euryale était déjà trempée !
Il tombe, et de ses traits que la mort a pâlis,
Un long ruisseau de pourpre ensanglante les lis.
La Parque appesantit cette tête charmante.
Tel se courbe un pavot que l'orage tourmente,
Ou qui, du soc fatal en passant déchiré,
Penche languissamment son front décoloré.

Dieux ! que devint Nisus à ce spectacle horrible !
Il se plonge au milieu de l'escadron terrible :
Dans ses rangs, hérissés de glaives menaçans,
Son fer ne voit, ne suit, ne cherche que Volcens.
Près de Volcens en vain sa troupe resserrée
Offre à Nisus partout une mort assurée ;
Nisus roule son glaive en cercle foudroyant,
Se fait, dans leurs rangs même, un passage effrayant.
Joint l'horrible Volcens, lui plonge avec furie
Son glaive dans la bouche au moment qu'il s'écrie.

Nisus, percé de coups, tombe, mais en vainqueur,
Et sur son Euryale expire avec douceur.

CHANT TROISIÈME.

(Aventure de Faune avec Hercule et Omphale, tirée du livre II des Fastes d'Ovide.)

FRAGMENT.

« Mes sœurs, vous triomphez, et Thalie est en pleurs,
Dit Thalie elle-même, en essuyant des larmes
Qui voilaient de ses yeux les riantes douceurs;
Cependant la tristesse est contraire à mes charmes :
La plainte, la douleur, même un air sérieux
M'enlaidit, quand des pleurs embellissent vos yeux.
Permettez donc, mes sœurs, que la vive Thalie
Oppose à vos douleurs quelque aimable folie;
        Qu'à vos tristes et tendres chants
Je mêle des récits plus gais et moins touchans. »

        La belle reine de Lydie
Et le fameux Alcide encor dans son printemps,
    Déjà héros, mais héros de vingt ans,
        Voyagèrent de compagnie.
    L'Amour, dit-on, marchait à leur côté,
Il suivait la valeur, il suivait la beauté;
        Mais, quoique Amour, il fut sage,

          Car le seul but du voyage
Était, le croiriez-vous? un saint pélerinage
Au temple de Bacchus, et le couple amoureux
Voulait arriver pur, aussi pur que ses vœux.
Quand on a ce projet, le plus sûr, ce me semble,
Pour deux amans, n'est pas de voyager ensemble.
          Ceux-ci pensèrent autrement.
Les voilà qui, tous deux, cheminent lestement,
Comme bons pélerins qu'un même vœu rassemble;
L'une, en reine daignant traverser ses états;
L'autre, en galant héros, vengeur de ses appas.

Quel temps? un ciel d'azur; quel chemin? tout de roses;
Et l'amour voyageant peut-il voir autres choses?
          Ainsi par des sentiers de fleurs,
          Dans la campagne lydiène,
          S'avançaient nos deux voyageurs,
          Quand d'une colline prochaine
Faune, qui va toujours cherchant quelques minois,
Grâce à l'espiègle amour, voit celui de la reine :
Le voir, c'est l'adorer. « Adieu, nymphes des bois,
Vous qu'honoraient mes feux, vous qu'embellit mon choix,
Adieu, vous dis-je; adieu, voici ma souveraine.
Eh! quelle autre serait digne de mes désirs?
Cette reine charmante aura tous mes soupirs. »

Qui rit? ce fut Amour. Flamme mal assortie
Souvent au dieu malin plaît mieux que sympathie.
          Eh! comment ne rirait-il pas?

                              10.

Il voit Faune sur la colline,
    Qui déjà mirait ses appas
Dans le cristal mouvant d'une source voisine,
    Et se disait tout bas :
« Quelle reine, en effet, ne rendrait pas les armes
A ce front, à ce teint bruni, mais plein de charmes?
Deux cornes, il est vrai, mais faites par l'amour,
De ce front enchanteur sont un nouvel atour.
Oh! combien mes rivaux vont ressentir d'alarmes!
Je n'ai point d'Adonis l'insipide langueur,
Mais ces membres velus annoncent ma vigueur :
Ces yeux vifs, pétillans, ces oreilles mobiles,
Ces pieds un peu fourchus, mais lestes, mais agiles,
    Ne sont pas d'un amant commun.
Non, Faune, ton amour ne peut être importun. »
        Faune de dire,
        Amour de rire,
Et de lancer encore au dieu qu'il a blessé
    Un nouveau trait, un trait plus insensé.

Mes sœurs, rappelez-vous la fameuse toilette
Du berger Polyphème aux bords de l'onde assis,
    Ayant à ses pieds sa houlette
Faite d'un grand sapin qu'il arracha jadis;
Taillant avec amour sa barbe, ses sourcils,
    Pour sa gentille bergerette :
    Vous aurez l'image complète
De celle du dieu Faune en ses tendres soucis.
    Faune en cet art valait bien Polyphème :
Omphale valait mieux que l'amante d'Acis.

Et quel cœur n'est jaloux de plaire à ce qu'il aime ?
   Oui, de son cœur Faune avait pris leçon :
      Ce que l'art prête à la nature
   Pour embellir une aimable figure,
      Faune l'emploie à sa façon.
Une ronce épineuse en ses mains a la gloire
De remplacer la dent du frêle et blanc ivoire :
   Il doit sa tresse au lierre tortueux,
   Qu'il entrelace avec ses crins hideux.
Sur son front, hérissé de poil rude et sauvage,
En couronne champêtre il ajoute un feuillage ;
Puis de l'épaule au flanc il décore son sein
      D'un mobile tissu de roses,
   Que sa main pétulante effeuille à peine écloses,
Et qui doivent servir son amoureux dessein.

Ainsi paré, brillant, beau comme l'Amour même,
      Rien ne manque plus à ses vœux,
      Que de conquérir ce qu'il aime ;
      Mais c'est là le point hasardeux :
      Car, par quel heureux stratagème
En pourra-t-il jouir, à l'insu d'un rival
Jaloux, toujours présent, et tant soit peu brutal ?
   Ces soins roulaient dans son âme agitée ;
   Il remet donc Omphale à la nuitée ;
   Car à Vénus la nuit porte conseil :
   Mais que ses vœux vont presser le soleil !

Omphale cependant, par les grâces parée,
Objet, sans le savoir, de vœux impatiens,

Parmi de beaux vallons et des bosquets rians,
Lentement s'avançait, pareille à Cythérée;
Sur sa tête éclatait le feu des diamans :
En bouquets sur son sein des fleurs semblaient éclore ::
    Et de leurs mains Zéphyre et Flore
Sans doute avaient tissu ses légers vêtemens,
Qui sur elle flottaient à replis ondoyans.

. . . .

(*Le reste manque.*)

CHANT QUATRIÈME.

(Apollon, après avoir entendu Erato, Calliope et Thalie,
raconte aux Muses l'histoire de Psyché.)

Quand les villes de Grèce avaient encor des rois,
Un prince eut trois beautés pour filles ; mais des trois,
La plus jeune éclipsa ses sœurs et Vénus même.
Psyché joignait la grâce à la beauté suprême ;
La voir, c'était l'aimer : vingt rois lui font la cour ;
On oublie Amathonte et la mère d'Amour ;
Les cœurs volent en foule à la Vénus nouvelle.
Les myrtes, les parfums, ne croissent que pour elle :
L'encens fume à ses pieds, les dieux briguent ses fers.
Vénus pleurait sa honte et ses temples déserts.

« Hé quoi ! dit la déesse en frémissant de rage ,
Psyché de l'univers me dispute l'hommage !
L'immortelle Vénus peut voir des yeux mortels
Lui ravir sa beauté , son culte , ses autels,
Tous les vœux, tous les cœurs; et Vénus outragée,
O honte ! ô désespoir ! ne serait point vengée ! »

Elle appelle , à ces mots enflammés de courroux ,
Son fils ailé, ce dieu si cruel et si doux,

Fier de ses traits brûlans, plein d'audace et de charmes:
Vénus, baignant l'Amour de ses jalouses larmes,
Fait asseoir dans son char l'enfant malicieux :
Ses colombes d'argent fendent l'azur des cieux.

.

« O mon fils ! la voilà cette beauté fatale !
La vois-tu s'enivrer du nom de ma rivale ?
Elle charme ! on l'adore ! et moi !..... Que je la hais !
Tu ne peux trop punir ses coupables attraits :
D'un fils plus beau que toi déjà mère en idée.....
Confonds l'indigne orgueil dont elle est possédée !
D'être belle sans plaire invente le tourment ;
Fais qu'elle épouse un monstre, et l'aime éperdument. »

L'Amour, en souriant, lui promet la vengeance.
La déesse, que flatte une douce espérance,
Le baise, et revolant aux bords des flots amers,
Sur sa conque d'azur s'élance et fend les mers.
Elle traverse l'onde en fille de Nérée ;
Sa vue enchaîne au loin l'impétueux Borée ;
Le vieux Triton lui fraie un liquide chemin ;
Le jeune Palémon la suit sur un dauphin ;
L'onde joue à ses pieds, et la vague idolâtre
Vient d'un baiser humide en effleurer l'albâtre.
Triomphante, elle arrive au temple de Paphos,
Voit l'encens rallumé s'exhaler à longs flots,
Et reconnaît l'Amour à ces divines marques.

Aux deux sœurs de Psyché l'Amour joint deux monarques :
Elle, qu'environnaient tant d'hommages flatteurs,

prodige ! voit fuir tous ses adorateurs.
Que lui sert d'être encore et belle et renommée ?
En vain on l'admirait, elle n'est plus aimée !
Sans amant, sans époux, dans ses ennuis cruels,
Solitaire, elle pleure aux foyers paternels.
Psyché, qui le croirait ! Psyché cesse de plaire !
Son père soupçonna la céleste colère.
L'oracle qu'il implore ajoute à sa terreur;
Voici, voici l'arrêt qui le glace d'horreur !

« Avant que neuf soleils aient chassé les ténèbres,
Il faut que, sur un mont désert, voisin des cieux,
Psyché, dans les atours de ses noces funèbres,
Aille attendre l'époux que lui gardent les dieux.
Ne va pas espérer qu'un mortel soit ton gendre !
C'est un monstre qui vole ; implacable, jaloux,
Il empoisonne, il brûle, il peut tout mettre en cendre ;
La mer, les cieux, le Styx, tout tremble sous ses coups. »

« Ciel ! dit la reine en pleurs, ma Psyché, que j'adore,
Naît pour qu'un monstre affreux l'épouse et la dévore !
Non, non, je serai sourde à l'aveugle destin.
Va-t-il su m'expliquer son oracle incertain ?
Sur quel mont inconnu, dans quel climat barbare,
Pour quel monstre veut-il que l'hymen se prépare ?
Dieux cruels ! dieux jaloux ! je n'y souscrirai pas,
Et votre haine en vain a dicté son trépas. »

Le père dévorait ses muettes alarmes,

Et la tendre Psyché, les baignant de ses larmes,
Les pressait tour à tour dans ses bras caressans.

« N'opposez point aux dieux des efforts impuissans,
Dit-elle : c'en est fait, Psyché vous est ravie.
Ah ! je vous aimais trop pour n'aimer pas la vie !
Puissent mes sœurs, du moins, plus heureuses que moi
Et vivre, et m'acquitter des biens que je vous doi !
Que leurs soins, leur amour, leur bonheur vous console
Mais retenez ces pleurs dont l'aspect me désole ;
Il fallait me pleurer quand d'aveugles mortels,
Sous le nom de Vénus, m'élevaient des autels.
A l'envie, à la mort, ce nom m'a condamnée.
Innocente, je vais subir ma destinée.
Le ciel, qui me donna ces attraits malheureux,
N'a voulu m'embellir que pour un monstre affreux. »

Huit fois la nuit s'écoule, et la neuvième aurore,
Plus triste que la nuit, menace enfin d'éclore.
D'un sourire lugubre elle attriste les cieux.
Psyché lit son malheur écrit dans tous les yeux.
On pare la victime : épouse infortunée,
Tu confiais tes pleurs au voile d'hyménée !
On apprête le char, ou plutôt le cercueil ;
Pour l'hymen de Psyché tout l'empire est en deuil.

La voilà sous le crêpe et dans un char d'ébène,
Pâle, une urne à la main, se penchant sur la reine,
Dont les pleurs accusaient l'inclémence du sort ;

Vivante, elle préside aux pompes de sa mort.
Le roi suit en pleurant cette pompe cruelle.
Les coursiers vont sans guide où le sort les appelle;
Partout de noirs cyprès les chemins sont ornés :
Le char roule à travers les peuples consternés.
Au pied du mont fatal qu'entoure un vaste abîme,
Il s'arrête : à pas lents, on monte vers la cime;
On dépose Psyché dans ces horribles lieux.
D'une famille en pleurs peignez-vous les adieux;
Le roi désespéré, la reine évanouie,
Laissant leur fille, hélas! plus chère que la vie.
Le char s'éloigne; ils vont, déplorant leurs amours,
Dans un triste palais ensevelir leurs jours.

Mais que devient Psyché, seule, en proie au silence,
A la nuit, à l'horreur de ce désert immense,
A cent monstres ailés autour d'elle sifflans,
A mille que l'effroi peint à ses yeux tremblans!
Mourante de frayeur, elle tombe; Zéphyre,
Sous ses voiles flottans, s'insinue et soupire,
L'enlève au pied du roc, dans un vallon charmant,
Et sur un lit de fleurs la pose mollement.

          •

Après que le sommeil, de ses beaux yeux en larmes,
Dans une nuit paisible, eut réparé les charmes,
Surprise, elle s'éveille en des lieux enchantés;
Voit de rians bosquets, des ruisseaux argentés.
A ses yeux, sous ses pas, mille fleurs animées
Lui tracent son doux nom en lettres parfumées;

L'onde le murmurait : partout, dans ces jardins,
Sur l'albâtre vivant brillent ses traits divins.
Psyché, d'aise muette, immobile à leur vue,
Paraît de ces beaux lieux la plus belle statue.
Une sirène, au loin, l'appelle à ses concerts ;
Psyché vole ; au doux sein d'un bois de myrtes verts,
Sur cent colonnes d'or, un palais de porphyre,
Luit un ciel d'azur : elle approche, elle admire ;
Mais son œil au portique est à peine attaché,
Son œil avec transport lit : Palais de Psyché.
Les portes de vermeil s'entr'ouvrent d'elles-même.

« O vous ! de ce palais reine aimable et suprême,
Belle Psyché ! lui dit une amoureuse voix,
Entrez, ce doux asile est soumis à vos lois. »
De nymphes à l'instant une foule empressée
Vole à son regard seul, et même à sa pensée.
L'une parfume au bain ses charmes révélés,
D'une pudeur timide embellis et voilés ;
L'autre assemble avec art, sous la dent de l'ivoire,
Ses cheveux, dont Diane elle-même eût fait gloire ;
Un autre la revêt des plus rians atours.
Ah ! si vous l'eussiez vue, ô mère des amours !

Bientôt, pour le festin une troupe choisie,
Lui sert le pur nectar et la douce ambroisie.
Cependant, aux accords d'un luth harmonieux,
D'autres nymphes mêlaient ces chants ingénieux :
« Amour ! volupté pure ; amour ! seul bien de l'âme,

Heureux le jeune cœur enivré de ta flamme !
Tout plaît , tout s'embellit dans tes liens charmans :
Un nouvel univers vient sourire aux amans.
Amour ! volupté pure ; amour ! seul bien de l'âme,
Règne sur les mortels ; ils sont dieux par ta flamme ! »

La naïve Psyché soupire à ces accens ;
Son cœur palpite , ému de troubles innocens,
Rêveuse , elle se lève : « Où suis-je ? ô doux miracle !
Dit-elle : que devient et le monstre et l'oracle ?
Qui donc m'a su ravir à la haine des dieux ?
Palais ! offrez du moins son image à mes yeux. »

Dans cet espoir flatteur, parcourant l'étendue
Des longs appartemens dévoilés à sa vue,
Tout présente l'Olympe à ses regards charmés.
Des feux du diamant les murs sont allumés.
Elle y cherche un objet que rien ne lui révèle.
Enfin brille un salon qu'anima l'art d'Apelle.

Là, dans l'aveugle nuit du chaos ténébreux,
L'Amour sème, en jouant, les astres et ses feux ;
Ici l'enfant ailé dompte le fier Alcide,
Et change la massue en quenouille timide ;
Ici, sa jeune main lance à la fois trois dards
Qui percent à la fois Pluton , Neptune et Mars ;
Là , cygne , aigle , taureau , c'est Jupiter lui-même
Qui s'humilie aux pieds de cet enfant suprême.

Mais un dernier tableau surtout frappe ses yeux :
Elle y voit ce vainqueur des héros et des dieux,
Vaincu lui-même, atteint d'ue flèche imprévue,
Aux pieds d'un jeune objet qui détourne la vue,
Pour se débarrasser d'une foule d'Amours.
La grâce, la pudeur relèvent ses atours ;
On ne voit point ses traits, mais l'œil charmé devine
Que la toile dérobe une beauté divine.
Au coin sont deux Amours : et le groupe enfantin
Semble dire, en riant : Lui-même est pris enfin !
Psyché de tant d'appas était presque jalouse.

Mais Vesper luit déjà ; déjà la jeune épouse
S'avance au lit d'hymen sous un dais de rubis.
Sa main lente n'osait dépouiller ses habits.
Elle hésite, elle tremble, en confiant ses charmes
A ce lit inconnu, source de ses alarmes.
Les nymphes, les flambeaux s'éclipsent à la fois.
Seule, elle respirait à peine, quand la voix,
Cette amoureuse voix qu'elle avait entendue,
Soupire à son oreille étonnée, éperdue.
Les doux soupirs font place aux baisers les plus doux ;
Et l'invisible amant devient heureux époux.
Mais plus léger qu'un songe, il fuit avant l'aurore.

Psyché, qui se réveille, en vain le cherche encore ;
Tremblante de plaisir, muette de bonheur,
Brûlant d'un feu que n'ose avouer sa pudeur,
Psyché revoit le jour et ses nymphes fidèles.

Ses charmes sont noyés en des langueurs nouvelles ;
Les plaisirs de l'amour dans ses yeux sont écrits,
Son timide embarras excite un doux souris.
Pâle et vermeille, on voit sous sa noire paupière,
Languir de ses regards l'amoureuse lumière ;
Sa blonde chevelure, épandue à l'entour,
Semble exhaler encor les baisers de l'amour.
En des flots de parfums sa beauté rafraichie
Consulte le cristal et s'y voit embellie.
Des superbes atours elle fuit l'ornement ;
Ses charmes sont voilés de gaze seulement.

D'un tendre souvenir en secret agitée,
A peine de nectar sa lèvre est humectée,
Que, laissant les trésors dont brille son palais,
Elle court dans ses bois chercher l'ombre et le frais,
Et le silence, amant des douces rêveries.

Là, seule enfin, Psyché, sur des rives fleuries,
Voit un léger ruisseau précipiter son cours ;
Il fuit, revient, s'égare ; elle en suit les détours,
Et remonte, en rêvant, à la source de l'onde.
Psyché la voit jaillir d'une grotte profonde,
Et, pas à pas, se fie au roc frais et voûté,
Quand du jour tout-à-coup la mourante clarté
S'éteint : Psyché veut fuir ; mais la voix chère et douce
L'arrête, et l'attirant vers un siége de mousse :

« Eh quoi ! belle Psyché, dit-elle en soupirant,

11.

C'est donc aux vains attraits de ce cristal errant
Que je dois le bonheur de revoir ce que j'aime?
Quand pourrai-je, ô Psyché! le devoir à vous-même?
Ah! que, si vous aimiez, ces lieux vous seraient chers!
Une amante se plaît aux bords les plus déserts:
C'est là que de l'amour on sent mieux la présence;
Là, né pour le mystère, il croît dans le silence;
L'amour n'est-il point fait pour ce cœur ingénu? —
L'amour! eh! puis-je aimer un objet inconnu?
Dit-elle. Cet oracle (il m'épouvante encore!)
Vous a peint sous les traits d'un monstre qui dévore. —
Et le suis-je? reprit son invisible époux. —
Non, je ne le puis croire à des accens si doux. —
Psyché! mais sous quels traits voyez-vous mon image? —
Je vous crois la fraîcheur, les grâces du bel âge,
L'esprit insinuant, le souris doux et fin,
Je ne sais quel regard vif, enchanteur, malin;
Un cœur tendre et léger; mais je ne puis connaître
Si l'Afrique ou la Grèce enfin vous a fait naître;
Si je dois admirer ou l'ébène ou les lis
De vos traits, que le jour eût sans doute embellis.
Cédez, génie aimable, au désir qui m'enflamme;
Laissez voir à mes yeux ce qui plaît à mon âme;
Souffrez.... — Ah! loin de vous ce dangereux espoir,
Ma Psyché! du moment que vous m'aurez pu voir,
Votre bonheur, le mien, tout cesse! — Et moi, dit-elle,
Je ne puis donc jamais vous aimer. — Ah! cruelle....!»
Et Psyché sur ses mains sentit couler des pleurs.
Au cri de son amant, à ce cri de douleur,
L'imprudente eût voulu retenir sa parole;

Et d'un baiser timide en pleurant le console.

Le doux monstre s'apaise et tombe à ses genoux.
« O ma Psyché ! ne romps jamais des nœuds si doux ;
Crois-en moins ton esprit que ton âme céleste ;
Ton sexe est curieux : crains ce penchant funeste.
Jouis en paix d'un cœur que tu sus enflammer ;
L'Amour même, l'Amour saurait-il mieux t'aimer ? »
Il l'enivre, à ces mots, de baisers et de larmes ;
Et Psyché de l'amour respira tous les charmes.

Chaque nuit dans ses bras ramenait son amant :
Chaque jour prolongeait ce doux enchantement.
Du fils de sa rivale adorée et servie,
Le mystère cachait son bonheur à l'envie.
Que de fois, au détour d'un vallon reculé,
L'Amour vint dans un char de ténèbres voilé,
Au doux bruit du zéphir et de l'onde écumante,
Enlever, caresser, promener son amante !
S'il la quitte, aussitôt mille songes rians
S'empressent d'amuser ses feux impatiens.
Souvent au pied d'un myrte elle rêve et soupire ;
Il est, il est un nom qu'elle brûle d'écrire ;
Mais le trait sur l'écorce est en vain ébauché ;
Au défaut de ce nom elle écrit : *ta Psyché.*

Quelquefois de ses feux la tendre violence
Interroge les bois, les ruisseaux, le silence.
Qui me révèlera cet ennemi du jour ?
Écho, nomme-moi donc l'objet de mon amour !

Et l'écho plus sincère, inutile merveille,
Murmure en faibles sons *amour* à son oreille.
Sensible à ce doux bruit qu'elle ne comprend pas,
Pour son cœur agité ce trouble a des appas.
Ses yeux dans ce moment s'embellissent de larmes.
Une rougeur timide a coloré ses charmes,
Heureuse, si jamais un désir curieux
N'eût troublé ce bonheur pur et mystérieux !
Mais, hélas ! de ses maux l'âme est toujours complice,
Et s'obstine à changer son bonheur en supplice. *

. . . .
. . . .

★ Des troubles domestiques vinrent interrompre Lebrun à cet endroit
de son poème, qui n'a point été achevé.

LA NATURE,

POÈMÈ.

LA NATURE,

OU

LE BONHEUR PHILOSOPHIQUE

ET CHAMPÊTRE,

POÈME EN QUATRE CHANTS.

mmencé en 1760, et dont, à l'exception du troisième Chant, qui est
presque entier, il n'existe que des fragmens.

○-○-○○-○○ ○○-○○-○○○○ ○ ○ ○○○ ○ ○○○○○○○ ○○-○○ ○○○○○○○○○○ ○○-○○-○○-○○-○○-○○○○

CHANT PREMIER.

LA SAGESSE.

I.

mature ! ô ma mère ! ô déesse éternelle !
i que l'erreur des lois veut rendre criminelle,
't'implore, descends, respire dans mes vers !
source du génie, âme de l'univers,
est toi, fille des dieux, toi dont les mains fécondes

Forment la chaîne immense et des temps et des monds
Ta volonté suprême est ta suprême loi ;
Ton règne illimité n'a de bornes que toi.
Loin au-delà des cieux où tes flammes circulent,
De ton immensité les bornes se reculent.
C'est ta main qui semait sous tes pas radieux
Leur poussière étoilée aux vastes champs des cieux..
Éclaire des mortels l'orgueilleuse ignorance,
O centre ! qui jamais n'eus de circonférence,
Comment fis-tu rouler dans le cercle des ans
Et les rapides jours et les siècles pesans ?

Tu dis, et du chaos les gouffres disparurent ;
La matière, l'espace et le temps accoururent.
Autour de toi flottans, les mondes et les cieux
N'attendaient pour marcher qu'un signe de tes yeux.
Tu sortis de toi-même, et ta main sûre et libre
Au sein des mouvemens balança l'équilibre,
Vers un centre commun fit peser tous les corps,
Des élémens rivaux assembla les accords,
Alluma les soleils, suspendit les planètes,
Et crayonna leur route aux rapides comètes ;
Fit éclore en jouant les astres et les fleurs,
De l'arc brillant des cieux nuança les couleurs ;
Sut diviser l'atome en points inaltérables,
Enferma dans un gland des forêts innombrables,
Brisa l'angle, et du cercle arrondit les contours.
Tu commandas aux mers leur fuite et leurs retours ;
Jetas dans l'Océan les pesantes baleines,
Soufflas l'air, et des vents dispersas les haleines ;

Recourbas les vallons, inclinas les coteaux,
Du centre des rochers versas l'urne des eaux,
De chaque être fixas et le germe et l'espace,
De l'énorme éléphant appesantis la masse,
Du ciron invisible arrangeas les ressorts,
Et soutins des oiseaux les rapides essors.

Mais l'homme qui respire, étonné de lui-même,
Fut le chef-d'œuvre heureux de ton souffle suprême;
C'est pour lui que ta main, prodiguant les moissons,
Entrelaça les jours, les nuits et les saisons.
Toi-même dans son âme imprimas ton image,
L'aveu de son bonheur te devint son hommage;
Né libre, il ne connut de souverain que toi,
Et l'univers naissant applaudit à son roi.

Ah! combien son erreur a voilé ta lumière,
Et qu'il s'est égaré de sa route première,
De ce premier bonheur, qu'aux champêtres humains
Offrait ce globe, à peine échappé de tes mains!

Et vous, de la nature immortelles compagnes,
Vous, déités des bois, vous, nymphes des campagnes
Laissez-moi parcourir vos bosquets ombragés,
Que l'art contagieux n'a jamais outragés;
Ouvrez-moi ces berceaux de Pomone et de Flore,
Où sourit la nature, où l'âme semble éclore.
Guidez mes pas errans aux sources de ces eaux
Où Diane se plonge entre mille roseaux;
Laissez-moi, le front ceint d'olive et d'amarante,
Fouler de vos tapis la richesse odorante;

II.   12

Livrez à mes regards vos asiles secrets,
Ces lacs, ces prés, ces bois, ces grottes, ces forêts;
Versez dans tous mes sens l'harmonieux délire;
Tandis qu'à vos bienfaits je consacre ma lyre,
Déesses, prêtez-moi l'ombre de vos rameaux;
Je chante un bonheur pur, né du sein des hameaux.

Et toi qui, des grandeurs dédaignant l'imposture,
Ne connais que l'amour, la gloire et la nature,
Muse, qui sur ma tête as versé tes rayons,
Sous les yeux de Palès dirige mes crayons;
Des moissons du bonheur viens séparer l'ivraie;
Peins-nous dans les hameaux la sagesse plus vraie,
La liberté plus fière; et d'un vol plus heureux
Le génie et l'amour y déployant leurs feux.

De ces divins objets ma lyre est animée;
Si du siècle de fer la rouille envenimée
A corrompu les cœurs et souillé l'univers,
Que du moins l'âge d'or renaisse dans mes vers!

Le sage aime à rêver dans un réduit champêtre;
L'agneau qu'il voit bondir, la brebis qu'il voit paître,
Les taureaux qu'il entend mugir dans les vallons,
Le fer cultivateur, luisant sur les sillons,
Les forêts, les coteaux et leur fertile pente,
Un zéphir qui s'égaie, une onde qui serpente,
Flattent plus ses regards justement enchantés
Que le faste indigent des profanes cités.

Eh! que dit à nos cœurs la pompe de nos villes,

Ces palais élevés par tant de mains serviles,
Ces rapides coursiers, ces chars tumultueux,
Ces dehors imposans d'un ennui fastueux?
Qu'offrent-ils aux regards? des surfaces trompeuses,
Des plaisirs inquiets, des misères pompeuses,
Le mérite courbé sous le joug des tyrans,
Et de l'antique honneur les restes expirans.
Là, des crimes heureux le ciel paraît complice,
Mais l'honneur est vengé, sa vue est leur supplice;
La richesse est le prix des vices intrigans,
Et des larcins de l'or, l'or absout ses brigands.

Je sais trop que Voltaire, abusant du génie,
Aux champêtres vertus prodigua l'ironie;
Et refusant ses mains au culte de Cérès,
A d'un vers dédaigneux insulté nos guérets;
Jeux sanglans de l'esprit, funeste badinage,
Plus cruel que le fer instrument du carnage,
Qui, dépouillant le cœur de sa noble fierté,
A la mollesse, à l'or, vendit sa liberté!
Malheureux qui changeait, avec trop d'imprudence,
Aux festins des tyrans la sobre indépendance;
Prodigieux mortel! homme unique et divers,
Tantôt avec les dieux planant sur l'univers,
Tantôt jusqu'à Zoïle abaissé dans la fange,
De force et de faiblesse incroyable mélange;
Homme au-dessus des rois, s'il les eût ignorés,
Et le dieu des talens, s'il les eût révérés.
Mais du cygne français * diffamant l'harmonie,

* Le grand Rousseau. (Note de l'auteur.)

Il courut dans le Nord flatter la tyrannie.
Long-temps de rois en rois son orgueil a rampé
Sous un joug éclatant que ses pleurs ont trempé.
Enfin il guide au port une orageuse vie,
Et redemande aux champs sa liberté ravie :
Les champs et la nature animent ses accens,
Et ce bonheur si pur a son dernier encens.

O maison d'Aristippe ! ô jardins d'Épicure !*
C'est vous qu'il implorait dans sa retraite obscure ;
De ses destins errans il a fixé le cours
Près d'un lac et des bois, loin des trompeuses cours.
Là ce vieillard fameux jouit de sa mémoire ;
Il rallume sa vie au flambeau de la gloire.
Cornélie a volé dans ses bras généreux ;
Il a tout expié, puisqu'il fait des heureux.

Ainsi, quand de Vénus les flammes sont éteintes,
Quand de l'ambition il sent moins les atteintes,
Le cœur revole aux champs dont il fut séparé :
Il ramène au bonheur son hommage égaré.

Heureux qui, soulevant une chaîne importune,
Détache ses destins du char de la fortune ;
Et sans la fatiguer de soupirs éternels,
Cultive de ses mains les guérets paternels !
Moins envié peut-être, et plus digne d'envie,
Aux mortels indiscrets il dérobe sa vie ;

* Ce vers est de M. de Voltaire lui-même. (Note de l'auteur.)

Jin des cris insensés d'un vulgaire odieux,
innocence des champs rend l'homme égal aux dieux.
Libre au sein des forêts, sa vertu solitaire
rompt des préjugés la chaîne héréditaire;
Jette aux aquilons nos stupides erreurs,
Et le sombre avenir et ses pâles terreurs.

Oui, la cour de Palès est l'asile du sage;
C'est là que de son âme il fait l'apprentissage;
En rendant la nature à ses antiques droits,
Du fond de ses déserts interroge les rois.
Il pénètre ces cœurs fiers de notre faiblesse,
De ses frêles appuis dépouille leur mollesse;
Et tous ces dieux mortels, ouvrages de nos mains,
Rentrent à ses regards au niveau des humains.

Tel à des yeux divers le spectacle varie,
Tel aux yeux du pasteur, couché dans la prairie,
Le chêne qui déploie un front démesuré,
Semble être un citoyen de l'empire azuré.
Mais au regard perçant de l'aigle vigilante
Qui pénètre des airs la voûte étincelante,
L'orgueil du chêne rentre au niveau des sillons,
Et se mêle aux tapis de nos humbles vallons.
Mais la fierté de l'aigle errante sur la nue,
Des regards du soleil est à peine connue,
Et ce même soleil n'est aux regards des dieux
Qu'une étincelle, un point dans l'abîme des cieux.

Voilà donc tes degrés, ô superbe existence!
Et du monarque au sage il est plus de distance

12,

Que du sage aux dieux même ; image de ces dieux,
Son âme en réfléchit quelques traits à nos yeux.

Roi superbe, ta cour aura peine à comprendre
Ces nobles vérités qu'ici j'ose t'apprendre.
Sur le sage oublié tu versas tes mépris,
Mais d'un sage et d'un roi distingue enfin le prix.
Dépouille ta couronne et l'orgueil d'un vain titre ;
Prends le tombeau pour juge, et la mort pour arbitr:.
L'un meurt, et dans la poudre il reste confondu ;
L'autre, s'ouvrant le ciel dont il est descendu,
Y vole sur un char que la gloire soulève ;
Ainsi le vil plomb tombe, et la flamme s'élève ;
Aux jours des souverains leur règne est limité,
Mais l'empire du sage est l'immortalité.

II.

Que Cérès des mortels soit à jamais chérie !
C'est le premier sillon qui fixa la patrie.
La foudre fit les dieux, le glaive fit les rois ;
Cérès, le soc en main, vint nous donner des lois.
Non ces lois qu'à grands cris la chicane infernale
Vomit impudemment de sa bouche vénale,
Et qu'osent nous dicter ces brigands de Thémis,
De ses droits les plus saints profanes ennemis.
Un vil juge, abruti par l'infâme luxure,
Ivre encor des baisers de sa Laïs impure,
Viendra, pour couronner ses impudiques feux,
De nos plus saints hymens briser les chastes nœuds ;

du voile des lois couvrant l'affreux mystère,
ncera ses arrêts d'une bouche adultère,
esqu'au jour où rompant un sommeil odieux,
foudre doit enfin justifier les dieux.

nureux cultivateur des champs qui t'ont vu naître,
ne ton bonheur est pur, si tu sais le connaître;
[Thémis n'y vient point, par de noires clameurs,
y fatiguer de lois moins pures que tes mœurs;
iis que la brigue ou l'or plie à son vil usage,
sclaves des tyrans, et les tyrans du sage !
âme devient champêtre à l'aspect des hameaux,
vole avec zéphire, y coule avec les eaux,
nfflige avec Délie au chant de Philomèle,
urit avec la fleur, s'épanouit comme elle,
pure avec l'aurore à son brillant retour,
colore des feux qu'épand l'astre du jour,
pour son bonheur seul ingénieux Prothée,
vient tous les objets dont sa vue est flattée.

s champs sont nos berceaux. Tout homme est né pasteur,
premier des mortels est un cultivateur,
le second peut être un roi qui le protége.
n'a point des grandeurs le fastueux cortége,
iais sous un toit rustique il goûte un doux sommeil.
siaque aurore lui verse un jour pur et vermeil.
fifre aux sons aigus, la trompette éclatante,
bruit sourd des tambours n'ont jamais sous la tente
viveillé de Palès le paisible héros.
llaisse à Frédéric ces combats, ces assauts,
ll'œil sanglant de Mars pompes voluptueuses.

Le fer est innocent dans ses mains vertueuses,
Ce fer, qui, désormais partageant nos fureurs,
D'un carnage effréné respire les horreurs :
Ce fer que lui prêta la céleste indulgence,
Pour cultiver ses champs, pour vaincre l'indigence,
Pour moissonner la gerbe aux fêtes de Cérès,
S'armer contre l'hiver du secours des forêts,
Et loin de ses foyers et de sa bergerie,
Du monstre affreux des bois repousser la furie.

Élève de Palès, ô mortel généreux !
Toi qui d'un fer paisible ouvres tes champs heureux !!
Jamais l'affreux duel, monstre impie et farouche,
La fureur dans les yeux et l'insulte à la bouche,
De rage, de vengeance et de sang altéré,
N'arme tes mains d'un glaive au meurtre préparé.
Tu ne la conçois pas, cette horrible folie
Qu'adopta du Français la cruauté polie,
Et qui, fermant l'oreille aux cris de la pitié,
Pour venger des égards égorge l'amitié.

La raison calmerait la fureur qui l'anime,
Mais d'un blâme moqueur l'effroi pusillanime
Précipitant son bras à ces tristes exploits,
Le jette entre la mort et la rigueur des lois.
Ah ! ces Grecs, ces héros au-dessus de l'outrage,
De ces lâches fureurs souillaient-ils leur courage ?
L'art du gladiateur, vil aux yeux des Romains,
A ces meurtres obscurs n'instruisait pas leurs mains.
Citoyens désarmés à l'ombre des murailles,
Ils cherchaient aux combats d'illustres funérailles :

engeurs de la patrie, ils ne daignaient périr
maux yeux de l'univers, et pour le conquérir.
mais vous, héros du meurtre, inhumains par faiblesse,
ppatiens d'un mot, d'un geste qui vous blesse,
rrbares! vous plongez au cœur de vos amis
· glaive, réservé pour des flancs ennemis.

asainte humanité! par tes soins, par tes larmes,
rrache de leurs mains ces parricides armes.
hfans de la nature, ils osent l'outrager!
₂ses yeux, sur son sein, ils courent s'égorger!
n! cruel! entends-la soupirer et te dire:
₁ ne saurais créer, oseras-tu détruire!

i l'oses! vois le prix dont ton glaive est jaloux!
iois ce corps tout sanglant, tout percé de tes coups.
₁ recules d'horreur! ton pied tremblant s'égare;
un cœur même s'écrie: Ah! qu'as-tu fait, barbare!
₁ fuir? ton cœur sans cesse accusera ta main:
· nature voudrait te bannir de son sein.
: ton barbare honneur connais donc l'imposture.
₁, le crime commence où cesse la nature!
₉e sur ta vertu mieux consulter sa voix.
mux brave, du *Brave Homme** admire les exploits.
iois-le, sept fois plongé dans ces flots pleins de rage,
vivir sept malheureux aux horreurs du naufrage;
iois cette humanité, qu'on ne sert pas en vain,
nun obscur matelot faire un mortel divin.

★ On se rappelle la belle action du matelot Broussard, qui fut sur
cmmé le *Brave Homme*.

Plus utile à ton roi, plus brave encor peut-être,
Quand un flatteur l'aveugle, ose éclairer ton maître;
Sauve la vérité du naufrage des cours.

La cabane indigente appelle tes secours;
Verse un or généreux sur ces pâles victimes,
A qui la faim peut-être eût conseillé des crimes.
Dans la nature alors tout va rire à tes yeux :
Le prix est dans ton cœur : il paie avant les dieux.

III.

(Après la description géorgique des travaux, des exer-
cices et des amusemens journaliers de mon sage cham-
pêtre.)

Ainsi d'un champ fertile exerçant la culture,
Aux sources du bonheur, plongé dans la nature,
Il ne soupçonne pas le plus vil de nos maux,
L'ennui! Son bonheur pur naît du sein des travaux.
Ses longs jours, écoulés loin du dieu d'Épidaure,
Semblent braver les maux que déchaîna Pandore :
S'il en connut jamais, ce fut par la pitié.
Mais que ne charment point l'amour et l'amitié?
L'amitié sans langueur, l'amour sans jalousie,
Semèrent tour à tour des roses sur sa vie,
Son automne ressemble à nos plus doux printemps.
Il cueille encor des fleurs sur les glaces du temps.
Adoré de ses fils, leur riante jeunesse
Est l'honneur de ses jours, l'appui de sa vieillesse.

…nand sa dernière aurore enfin brille à ses yeux,
…ouronné de sa race, il va chez ses aïeux.
…lla poudre échappé sans peine il y retombe,
[loin de son berceau n'égare point sa tombe.

Il est, dompté par l'âge, un chêne aimé des dieux
…ne jamais n'ont flétri des vents contagieux.
…v vieillit; mais du temps la faux inexorable
…e frappe qu'à regret sa tête vénérable.
…es rameaux bienfaisans, même dans leurs débris,
…n temple de la paix serviront de lambris.
…iressé des zéphirs, respecté des tempêtes,
…itoyen des hameaux, il protégeait leurs fêtes.
…mais il n'a prêté d'asiles aux forfaits;
…r n'est plus, mais il vit encor dans ses bienfaits.
…r n'a point profané ses ombres ingénues
…utour de ces palais, fiers de tant d'avenues.
…a colombe y vola sans crainte du vautour.
…e myrte des amans se plaisait alentour.
…es nymphes, les pasteurs ont gémi de sa perte.
…a forêt, qui le plaint, semble veuve et déserte.
…e tronc qui reste à peine est encore immortel;
…adis cher à Palès, il en devient l'autel;
[t le voyageur même, instruit de sa disgrace,
…u lieu qu'il ombrageait révère encor l'espace.
…els seront tes destins, ô vieillard fortuné!

…ais tel n'est point le sort d'un tyran couronné.
…a meurt; et sa mémoire expire et s'évapore
…vec le fol encens du flatteur qui l'adore.

Et, même de sa cour, en mourant exilé,
Il s'ouvre loin du trône un tombeau reculé :
La terre le dévore, et n'est plus son empire.

Ainsi du sein des mers disparaît un navire.
La dryade en pleurant vit cet audacieux
Fuir l'asile ombragé des sapins ses aïeux.
Impatient, il vole, il dédaigne la terre.
Un dieu même en ses flancs déposa son tonnerre.
Il entraîne avec lui ces mortels égarés
Vers les sources de l'or dont ils sont altérés.
Souveraine des airs, sa voile triomphante
Leur promit les trésors que le Potose enfante.
Il roulait sur les flots, colosse impérieux.
Son corps pressait l'abîme, et sa tête les cieux.
Mais quand au jour fatal, ses noires destinées
Enveloppent ses mâts, ses voiles consternées,
Qu'en vain il lutte encor sur un gouffre orageux,
Où déjà le naufrage étend ses bras hideux,
Ni les vœux, ni les cris de ces pâles victimes
Dans leur tombe flottante implorant les abîmes,
Ni les trésors de l'Inde en son sein renfermés,
Ni les foudres des rois, dont ses flancs sont armés,
Rien n'a pu l'arracher au gouffre qui l'embrasse,
Et l'onde inexorable en absorbe la trace.
A peine un vil débris rejeté par les mers
Redira son naufrage à de lointains déserts.

CHANT SECOND.

LA LIBERTÉ.

I.

Mortel! connais l'abîme où ta raison s'égare;
De cet Être infini*, l'infini te sépare.
Du char glacé de l'Ourse aux feux du Syrius
Il règne; il règne encore où les cieux ne sont plus.
Dans ce gouffre sacré quel mortel peut descendre?
L'immensité l'adore, et ne peut le comprendre.
Et toi, songe de l'Être, atome d'un instant,
Égaré dans les airs sur ce globe flottant,
Des mondes et des cieux spectateur invisible,
Ton orgueil pense atteindre à l'Être inaccessible!
Tu prétends lui donner tes ridicules traits :
Tu veux dans ton Dieu même adorer tes portraits!
Ni l'aveugle hasard, ni l'aveugle matière,
N'ont pu créer mon âme, essence de lumière.
Je pense : ma pensée atteste plus un Dieu
Que tout le firmament et ses globes de feu.
Voilé de sa splendeur, dans sa gloire profonde,

★ Dieu.

D'un regard éternel il enfante le monde :
Les siècles devant lui s'écoulent ; et le temps
N'oserait mesurer un seul de ses instans.
Ce qu'on nomme destin n'est que sa loi suprême :
L'immortelle nature est sa fille, est lui-même.
Il est ; tout est par lui : seul être illimité,
En lui tout est vertu, puissance, éternité.
Au-delà des soleils, au-delà de l'espace,
Il n'est rien qu'il ne voie, il n'est rien qu'il n'embrasse ;
Il est seul du grand tout le principe et la fin,
Et la création respire dans son sein.
Puis-je être malheureux ? je lui dois la naissance.
Tout est bonté, sans doute, en qui tout est puissance.
Ce Dieu, si différent du Dieu que nous formons,
N'a jamais contre l'homme armé de noirs démons.
Il n'a point confié sa vengeance au tonnerre ;
Il n'a point dit aux cieux : Vous instruirez la terre ;
Mais de la conscience il a dicté la voix ;
Mais dans le cœur de l'homme il a gravé ses lois ;
Mais il a fait rougir la timide innocence ;
Mais il a fait pâlir la coupable licence ;
Mais au lieu des enfers, il créa le remord,
Et n'éternise point la douleur et la mort.

II.

Le monde eut son auteur : sans doute il est des dieux
Que voile à nos regards l'immensité des cieux ;
Mon cœur à leurs bienfaits aime à les reconnaître ;

Mais l'homme n'adora que ceux qu'il a fait naître.
Dieux cruels, dieux jaloux, qu'a rêvés sa terreur !
Il devait s'imposer une plus douce erreur.
Quand l'augure insensé, quand le fourbe aruspice
Feint de rendre le ciel bienfaisant et propice,
Cet ennemi sacré des dieux et des mortels,
En y sacrifiant, insulte les autels.

Les dieux seraient plus grands sans tonnerre et sans prêtres ;
Mais peut-être, sans eux, l'homme eût-il vu ses maîtres,
Rompant le joug des lois et le frein des remords,
Fouler aux pieds la terre et sans bride et sans mors.
Il est, il est un frein qu'ils blanchissent d'écume ;
C'est la religion : sa foudre les consume.
Si le culte des dieux n'était pas inventé,
Il le serait encor par la nécessité.
Si l'Olympe et l'enfer jadis furent des songes,
Le sage même a dû consacrer ces mensonges.
En vain il eut ses mœurs et pour dieux et pour lois,
Il faut des lois au peuple ; il faut des dieux aux rois.

. . . .

Il faut qu'à notre amour leur vertu les désigne :
Un roi né sur le trône en est rarement digne.
Ce prince faible, issu de la tige des rois,
Sans les mêmes vertus, a-t-il les mêmes droits ?
Tout un peuple ignoré d'arbres qui dégénèrent,
Rampe dans les forêts où leurs aïeux régnèrent.
Du sceptre des héros le timide héritier
Fuit bientôt de l'honneur le pénible sentier.

Sur son trône énervé la mollesse indolente
L'endort; le sceptre pèse à sa main nonchalante.
Mais par les voluptés plus il est amolli,
Plus le fer veille autour du monarque avili :
Toujours la tyrannie est près de la faiblesse.

Il n'est point de grands rois que la vérité blesse ;
Et l'imprudent Valois, qui l'osa dédaigner,
Sut combattre, sut vaincre, et ne sut pas régner.

Oui, le métier de roi veut pour apprentissage
Les leçons du malheur et les conseils du sage.
Si dans un sein de fer la dure adversité
Ne sevra quelque temps un prince trop flatté,
Il flétrit ses aïeux, il usurpe leur trône.
C'est en vain que paré d'une triple couronne,
A l'univers tremblant il impose sa loi ;
S'il n'a point fait d'heureux, il n'est pas encor roi.

Quand sur un bouclier, trône de la victoire,
Nos pères belliqueux, dans les champs de la gloire,
Élevaient un soldat en invoquant les dieux,
Ce roi, né leur égal, eut-il d'autres aïeux
Que son cœur et son bras, ses vertus, son courage ?
D'une gloire étrangère il aurait fui l'outrage ;
Il devint son ancêtre ; et son autorité
Eut le dépôt des lois et de la liberté.
Ah ! sans doute qu'alors son auguste promesse
Ne fut pas de livrer son trône à la mollesse ;
De fouler en tyran des peuples généreux

) Qui daignaient le choisir pour qu'il régnât sur eux.
I De ses devoirs sacrés s'il a perdu la trace,
2 S'il n'a d'autres vertus que l'orgueil de sa race,
) Qu'il ose remonter sur l'antique pavois,
I Et de nos fiers aïeux redemander les voix ;
I Leurs ombres frémiraient de se donner pour maîtres
I Ces rois qui n'ont de roi qu'un trône et des ancêtres.
: Le dehors des grandeurs qui sert leur vanité
Au défaut des vertus serait-il respecté !

. . . .

L'huile sainte a coulé sur des têtes profânes.
De Charles-Neuf encore on déteste les mânes.
L'inexorable histoire exhumera ces rois
Vainement échappés à la rigueur des lois.

O Charles ! il est temps que le crime s'expie.
De ce tombeau royal sors, sors, cadavre impie.
Oubliais-tu ce jour exécrable à jamais,
Et cette vaste mort de l'empire français,
Ces accens de l'airain sonné par les furies,
Toi-même déchaînant toutes leurs barbaries,
Le fer, le feu, la mort ; sujets, amis, parens,
L'un par l'autre frappés, l'un sur l'autre expirans,
Et ce tube enflammé, complice de ta rage,
Et ton affeux sourire insultant au carnage ?

Roi-bourreau ! criminel de lèse-humanité,
Qu'oppose à ce forfait ta vaine majesté ?
Tes gardes, tes flatteurs, ta couronne est en poudre ;

13.

Rien ne peut te défendre, et rien ne peut t'absoudre.
Contre ta nation, lâche conspirateur,
Devant tout l'avenir mon vers accusateur
Traine sur l'échafaud ta mémoire insolente,
Du meurtre de ton peuple encor toute sanglante ;
Et grave en traits de feu sur l'implacable airain :
Charles, de ses sujets, fut l'infâme assassin.

III.

Les grottes, les coteaux, les bords d'une onde pure
Sont les temples secrets qu'habite la nature.
Oui, c'est là que, fuyant les profanes mortels,
La déesse a porté son culte et ses autels.
Elle y prête à nos maux ces instrumens utiles,
Ces armes du travail qui rend nos champs fertiles.
Eh ! qui peut dédaigner ses sublimes leçons ?
Qui de nous peut rougir de cultiver ses dons,
Quand Rome a vu ses fils, les souverains du monde,
Ou conquérir la terre ou la rendre féconde ;
Quand Mars à Chantilly, sous les traits de Condé,
Descendant de son char par la terreur guidé,
Venait, de cette main qu'ensanglanta Bellone,
Ranger un espalier sous les lois de Pomone,
Ou penchant l'arrosoir entre ses bras vainqueurs,
Expiait le carnage en cultivant des fleurs ?

Ministres, qui lanciez des foudres infidèles,
Aigles, dont le tonnerre a consumé les ailes,
Favoris, qui tombez du sommet des grandeurs,

De Palès et des rois comparez les faveurs.
Le sort qui vous flattait vous insulte et s'envole.
D'un peuple adorateur vous n'êtes plus l'idole ;
L'orage a dispersé vos fragiles amis ;
Et votre œil ne voit plus que des yeux ennemis.
Laissez à vos jaloux leurs disgrâces prochaines.
Seriez-vous assez vils pour regretter des chaînes ?
Vous fondiez vos destins sur un glissant écueil,
Vos destins si vantés dépendaient d'un coup d'œil.
Vos fronts touchaient l'Olympe ; un souffle du caprice
Détruit de vos grandeurs tout le frêle édifice.
Ah ! sont-ce de vrais biens qu'un souffle peut ravir,
Ou qu'on ne peut goûter qu'en daignant s'asservir ?

Qu'est-ce qu'un favori si fier de ses entraves ?
Le second des tyrans, le premier des esclaves.
Dans un triste palais, avec pompe enchaînés,
À l'envie, aux flatteurs, par état condamnés,
Il vous fallait gémir dans les bras de l'intrigue,
Au sein de la mollesse expirer de fatigue ;
D'ennemis caressans tromper l'œil dangereux ;
Pour feindre le bonheur, oublier d'être heureux,
Et voués sans relâche aux chagrins politiques,
Souffrir d'un maître altier les dégoûts despotiques.
Que d'inquiètes nuits, que de pénibles jours
Perdus dans ce torrent des orageuses cours !
Dans ce vain tourbillon où l'on respire à peine,
Dans ce bruyant dédale où l'envie et la haine,
L'ambition, l'orgueil, la vengeance et l'amour,
Divisés d'intérêt, se croisent tour à tour,

Vous n'aviez point vécu... Votre âme va renaître ;
Vous serez sans flatteurs, mais vous serez sans maître,
Au lieu de ces grandeurs, piéges des souverains,
Palès vous offre encor des jours purs et sereins,
Le tranquille sommeil, l'amitié, l'abondance,
La paix, les doux loisirs, la noble indépendance,
Ces biens que la faveur n'eût pu vous obtenir,
Le courroux vous les donne en croyant vous punir.
La fortune, en fuyant, vous cède à la sagesse.
L'oubli des faux trésors sera votre richesse.
L'aveugle ambition sut trop vous éblouir ;
Réparez vos destins ; apprenez à jouir.
Quel que soit des grandeurs l'écroulement funeste,
Le sage ne perd rien : la nature lui reste.
Palès vient en riant le couronner de fleurs ;
C'est aux rois, aux rois seuls qu'il donne encor des pleurs,
Superbes malheureux qu'asservit leur couronne,
Et loin de la nature exilés sur le trône !

Quittez ce rang fatal, cette cour, ces lambris ;
De vous-même en secret rassemblez les débris,
Et du faîte orageux de ces temples profanes
Descendez sans rougir vers nos humbles cabanes.
Le sage vit heureux à l'ombre de nos bois,
Exilez de vos cœurs le souvenir des rois.
Loin du servile éclat qui suit les diadèmes,
Soyez hommes enfin : soyez rois de vous-mêmes.
Honorez vos malheurs, rendez grâce aux revers ;
Et la foudre, en tombant, n'a brisé que vos fers.

CHANT TROISIÈME.

LE GÉNIE.

Il fut un livre d'or où jadis la nature
De l'immense univers a tracé la peinture :
Les mystères de l'être y furent dévoilés ;
Le temps, les élémens, les globes étoilés,
Sans attendre l'effort de nos pénibles veilles,
Déployaient aux regards le jeu de ces merveilles,
Les amours secrets de l'aimant et du fer,
Et les reflux de l'onde, et les ressorts de l'air.
Chaque lettre à nos yeux y traçait un miracle ;
Chaque regard pouvait y surprendre un oracle.

Des prestiges de l'art les mortels amoureux
Daignaient à peine ouvrir ces fastes lumineux ;
La nature en frémit, et sa main indignée
Effaça du livre d'or l'empreinte dédaignée ;
Prompte à le dérober aux profanes regards,
Soudain en dispersa tous les feuillets épars
Sur les monts chevelus, dans les bois solitaires :
Les antres, les rochers en sont dépositaires.
Dans les gouffres profonds les uns furent semés,
Les autres dans les cieux volèrent enflammés.
Dans le sein des métaux ce livre encor respire,

Sur le front du soleil on le peut encor lire ;
Mais ce n'est qu'au génie ardent, audacieux,
A chercher des trésors sous les mers, dans les cieux;
A rassembler encor, loin des cercles vulgaires,
De ce livre égaré les divins caractères,
A ravir, s'il se peut, à ces nobles débris,
Leurs augustes secrets dont lui seul est épris.

Le génie est amant des grottes, des ombrages ;
Des ruisseaux égarés il cherche les rivages ;
Les antiques Buffons, les modernes Thalès,
Aiment ces bords secrets consacrés à Palès.
Sur la cime des monts que les sapins couronnent,
L'âme prend la hauteur des cieux qui l'environnent;
Par un commerce heureux s'y mêle au pur éther,
Et semble y respirer l'âme de Jupiter.
C'est de là que nos yeux, sans voile, sans obstacle,
De la nature entière embrassent le spectacle.
C'est de là que, prenant un vol rapide et sûr,
Jusqu'où le ciel étend ses pavillons d'azur,
Une sphère à la main, la sublime Uranie,
De l'Olympe foulait la carrière aplanie,
Des abîmes du ciel tentait la profondeur,
De la terre inclinée alongeait la rondeur,
Depuis qu'un verre, armant l'œil de nos Zoroastres,
Fit descendre le ciel et nous prêta les astres.

Elle entraîne à son char ce peuple étincelant
D'étoiles que nourrit un feu pur et brillant;
Ce soleil écoulé d'une source première,

re d'or qui répand des fleuves de lumière.
Mercure, et ce globe aux rayons empruntés
soarant l'or du jour par ses feux argentés,
nus et Jupiter, Mars et le noir Saturne
i roule loin de nous son globe taciturne,
flux et ce reflux de l'océan des airs,
s astres balancés dans leurs vastes déserts,
l fuites, les retours, les cercles, les ellipses
i feux, dont nos calculs ont prédit les éclipses.

Il est beau de franchir, loin des vulgaires yeux,
s abîmes d'azur où nagent tant de cieux!
quel rapide essor la sublime pensée
prisons du cerveau tout-à-coup élancée,
-t-elle dans leur cours ces vastes tourbillons
i tracent sur l'éther d'invisibles sillons?
comme a conquis l'Olympe, et ses mains souveraines
oces chars lumineux semblent tenir les rênes.
loler leur imposa ses immortelles lois;
merveilles! Newton détermina leurs poids!
astre enflammé du jour, fixe dans son empire,
le centre immortel des astres qu'il attire.
ers un côté des cieux dussent-ils peser tous,
ur centre resterait dans son globe jaloux.
urrait-il en sortir quand ce globe rassemble
atre cents fois le poids de tant d'astres ensemble?
lle on voit la physique embrasser l'univers,
sa hauteur n'a rien d'inaccessible aux vers.

là donc tes essors, dieu puissant du génie!

Toi seul du monde entier médites l'harmonie;
Tandis que ce vulgaire, obscur profanateur,
Des éternels secrets accuse la hauteur,
Au joug des préjugés laisse courber sa tête,
Ou dédaigne l'insecte, ou gronde la tempête.

La terre presse l'onde en ses flancs altérés;
L'onde nourrit les airs ceints de feux éthérés;
Ils enfantent ces vents dont l'utile ravage
Roule ces torrens d'airs, ces fleuves sans rivage,
Et sur les champs d'airain de la stérilité
Verse l'or des moissons et la fécondité;
Aux veines des rochers filtre, en vapeurs légères,
Ces eaux, ces doux trésors jadis ondes amères,
Qu'attira le soleil, qu'épurèrent ses feux,
Et qu'épanchent des vents les souffles orageux.

Comment d'un art frivole encenser les prestiges,
Quand sur nous la nature a semé ses prodiges?
L'air qui nous environne, invisible et présent,
Ce fluide subtil, élastique, pesant,
L'air avec nous respire, agit, voit, parle, écoute.

O voix! fille de l'air, dis-nous quelle est ta route?
Dis comment, du larynx vers la grotte élancé,
A l'aide du palais ma langue a prononcé
Le son qui sur ma lèvre impatient d'éclore,
Diverge ses rayons, forme un cône sonore,
Air lui-même, remplit tout l'air de mes accens,
Franchit la pesanteur, roule au-dessus des vents,
De globule en globule, ô rapide merveille!

Attache ma pensée aux fibres de l'oreille.

Sous le nom des zéphirs, dans nos jardins, semés,
L'air promène des fleurs les esprits embaumés,
Et versant des parfums l'essence volatile,
Émeut de l'odorat la membrane subtile.

Toi que le choc des corps fait jaillir à nos yeux,
Tu nages dans les airs, océan radieux !
De soleils en soleils, tes lumineuses ondes
Remplissent à la fois tout l'espace des mondes.
C'est par toi qu'un rayon, ô prodige nouveau !
Peint la nature entière aux voûtes du cerveau,
Et de l'œil parcourant les humides espaces,
Y fixe des objets les mobiles surfaces.
L'optique vint guider les crédules transports
De nos yeux qu'égaraient d'infidèles rapports,
Et voulut qu'à ses lois nos regards répondissent,
Quand d'objets trop lointains les angles s'arrondissent

L'algèbre méditant ses calculs épineux,
Osa suivre un rayon dans son vol lumineux.
Le prisme qui l'arrête au bout de sa carrière
Brise, et fait de son angle échapper la lumière,
De ces gerbes de feux divise les faisceaux,
Et surprend sept couleurs aux célestes pinceaux.

Cette mer éthérée, ondoyante ceinture,
Voile que de ses mains a tissu la nature,
Courbe les feux du jour, et de leurs traits brisés
Fait rejaillir sur nous les éclats divisés,
Quant l'ombre accourt au centre, et que les flancs du globe

Cachent le jour penchant, ou la blancheur de l'aube ;
Et cet éclat des airs, transparentes vapeurs,
D'une nuit trop soudaine épargne les horreurs.

Quel charme, en parcourant les campagnes fleuries,
D'approfondir encor ces doctes rêveries !
Chaque objet vient tenter un œil observateur ;
Un fruit tombe, et Newton conçoit la pesanteur.
C'est là que le silence instruisait Pythagore,
Xénophane, Platon, Leucippe, Anaxagore.
Peut-être la nature, au sein mystérieux,
D'un sage quelquefois trompa l'œil curieux :
Vains obstacles ! tout cède aux veilles obstinées,
Et l'étude s'éclaire au flambeau des années.
Chaque siècle en fuyant nous laisse ses progrès,
Et même l'avenir nous prête des secrets.

Tel qu'on peint ce mortel aux grottes d'Amphitrite,
Près d'enchaîner le dieu que son audace irrite ;
A peine il voit Prothée endormi sur ses bords,
Il s'élance, il le presse ; inutiles efforts !
Sous mille aspects divers le seul Prothée en foule,
Tigre, flamme, torrent, gronde, embrase, s'écoule,
Transforme mille fois sa fuite et ses refus,
Revient et disparait, se présente et n'est plus.
Mais instruit par les dieux, l'intrépide Aristée
Saisit, presse, retient, fixe, enchaîne Prothée.
Tel encor le génie, après d'heureux combats,
Fixe, enchaîne, retient la nature en ses bras.

Heureux qui des effets sait remonter aux causes,
Saisir d'un vol hardi les principes des choses,

Et d'un regard sublime entrevoir les accords
Des élémens rivaux, et de l'âme et des corps !

Il sait qu'un élément, terrible en sa puissance,
Jamais de son rival n'ose altérer l'essence ;
Que d'eux-même en secret immortels alimens,
Ils se séparent tous par d'heureux changemens.
Il voit que la matière, à jamais divisible,
Même échappant aux yeux en poussière invisible,
Aux portes du néant est plus loin d'arriver,
Que la terre au soleil n'est près de s'élever.

Rien ne périt, tout change, et mourir c'est renaître.
Tous les corps sont liés dans la chaîne de l'être.
La nature partout se précède et se suit.
Voyez comme sa main des ombres de la nuit
Teint lentement le jour qui pas à pas recule,
Et semble les unir par un doux crépuscule.
Dans un ordre constant ses pas développés
Ne s'emportent jamais à des bonds escarpés.
De l'homme aux animaux rapprochant la distance,
Voyez l'homme des bois lier leur existence.
Du corail incertain, né plante et minéral,
Revenez au polype, insecte végétal.
Sur l'insecte étonnant l'être se ramifie,
Et présente partout les germes de la vie ;
De son corps divisé soudain réparateur,
Il renaît plus nombreux sous un fer destructeur.
Telle à nos yeux la glace, en mille éclats brisée,
Rend mille fois l'image entière et divisée.

Où ne s'élance point le vol de ces regards,
Que n'a point obscurcis l'ombre de nos remparts?
Ils savent à la fois, et profonds et sublimes,
Monter à ces hauteurs, descendre à ces abîmes ;
Dans son cours lumineux suivre la vérité,
Et se plonger au sein de la Divinité.
La nature à ces yeux n'est plus qu'un seul empire ;
L'or naît, l'animal germe, et la plante respire.
La plus vaste baleine est pour l'immensité,
Dans une goutte amère, un atome jeté ;
Et du vaste Océan la goutte qui s'écoule,
Autre océan, nourrit d'autres monstres en foule.

Entre deux infinis l'homme en naissant placé,
Se voit de tous les deux également pressé.
A l'aide d'un cristal autrefois sable aride,
Sur des peuples nouveaux s'il jette un œil avide,
Pour confondre ses yeux qu'effraya l'éléphant,
Le ciron l'attendait aux confins du néant.

Du néant à l'atome il voit l'espace immense;
Où l'univers n'est plus, l'univers recommence.

Aux profanes regards quels prodiges voilés
Sont aux yeux du génie en foule révélés !
Lui seul de la nature a surpris les oracles,
De ses règnes fameux assemble les miracles,
Et suivant Tournefort au sein d'Antiparos,
La saisit enfantant le marbre et les métaux.

Si du liquide empire il tente les merveilles,

Des secrets de Thétis il enrichit ses veilles,
Voit l'empreinte des mers aux angles des vallons,
Et les pas de Neptune imprimés sur les monts ;
Suit d'un œil assidu leurs conquêtes paisibles,
Pénètre des reflux les ressorts invisibles,
Quand des mois et des ans les astres combinés
Déterminent les flots par leur globe entraînés ;
Soit qu'il médite encor les merveilles physiques
Du métal aimanté, des torrens électriques,
Dont l'active vertu, fille du pur éther,
Roule, invisible aux yeux, dans les veines du fer ;
Soit qu'il porte ses pas sous l'antique Palmire,
A travers ces débris que l'Orient admire ;
Soit qu'il ose chanter la fureur des volcans,
Ces combats de la flamme, et de l'onde et des vents,
Interroger leur foudre égaré sous la terre,
Ou demander aux cieux les causes du tonnerre ;
Soit qu'il ose asservir aux traces d'un compas
De ces globes errans les invisibles pas,
Ou franchir d'un regard neuf fois trois mille années,
Pour voir de tant de cieux les courses enchaînées
Sur leur trace première en foule revenir,
Et d'un nouvel essor embrasser l'avenir.

Que du faîte élevé des temples de Minerve,
Il foule ces grandeurs que l'ignorance énerve !
Plein d'un calme sublime, il voit avec mépris
Ce néant agité dont les cœurs sont épris.
Que dis-je ? il ne voit plus leurs dédales d'intrigues,
Leurs tissus venimeux de complots et de brigues,

14.

Et ces cours où l'exil est le prix des vertus,
Et le stupide amas des trésors de Plutus.

Jamais un homme assis au front des Pyrénées,
Qui dominent les vents et les mers effrénées,
Et d'où chaque regard qu'il lance dans les airs
Y pénètre aussi loin que le vol des éclairs,
Ira-t-il follement ensevelir sa vue
Dans les joncs limoneux d'une source inconnue,
Quand du globe à ses pieds les spectacles épars,
Et les mers et les cieux appellent ses regards?

Heureux qui dans vos bras, filles de Mnémosine,
Joint la fière Minerve à la tendre Euphrosine,
Et qui, même en ses vers, émule de Newton,
Tente un vol ignoré du Tasse et de Milton!
La prose suit la gloire à pas lents et fidèles,
Pour l'immortalité les vers seuls ont des ailes.

Ces vers, au sein des cours avec peine enfantés,
Naissent en foule aux bords des ruisseaux argentés.
Le silence en rêvant médite l'harmonie,
Et l'ombre solitaire enflamme le génie.

Sublime accent de l'âme, ô vers mélodieux,
Toi seul fus appelé le langage des dieux;
Ta fière liberté fuit tous ces mots esclaves,
Et de nos vains respects les serviles entraves;
Et toi seul, riche encor de tes antiques droits,
Sais traiter en égal la majesté des rois.

Mais qui saurait tracer l'invisible passage

Un profane discours à ce divin langage ?
Quels ressorts inconnus, quels magiques attraits
En épurent les sons, en colorent les traits ?
Et de quel feu divin cette prose animée
S'échappe, en vers nombreux tout-à-coup transformée.

C'est, il est alors de ces heureux momens
Où l'âme entière éclate en doux ravissemens,
Voit, suit, respire, adore, embrasse la nature ;
Un dieu secret l'agite, et l'enflamme et l'épure ;
Le mortel disparaît sous la divinité ;
C'est le génie, amant de l'immortalité,
Qui des secrets divins fier et sublime organe,
Rompt le timide joug du langage profane.

Déjà sont accourus ces tours harmonieux,
Ces rimes, de nos vers échos ingénieux.
Ces repos variés, ces cadences nombreuses,
Où l'âme se déploie en des bornes heureuses ;
Et ce feu du génie épars dans l'univers,
Brûle en se resserrant aux limites des vers.

Voyez-le réunir ses flammes dispersées
Dans ce foyer ardent, centre de ses pensées,
Et de là s'échappant en lumineux éclairs,
Enflammer les objets à ses rayons offerts.

Tel l'acier arrondi, dans sa voûte brûlante,
Rassemble des rayons la gerbe étincelante,
Soudain l'œil étonné voit ces feux réunis
Fondre l'or qui pétille, ou briser les rubis.

Le génie est un dieu tout de gloire et de flamme ;
L'harmonie est sa voix, la nature est son âme.
Son vol n'est limité ni des cieux ni des mers :
Ses ailes, ses regards embrassent l'univers.
Il inspirait Virgile, Homère et Démosthènes,
Il éclatait dans Rome, il tonnait dans Athènes.

Il connaît l'art divin d'instruire et de charmer ;
Le vrai, toujours sublime, est prompt à l'enflammer.
Il ose être lui seul l'artisan de sa gloire ;
On ne le vit jamais dérober la victoire,
Ni d'une aile étrangère empruntant les essors,
D'un succès mécanique arranger les ressorts.

La gloire se refuse au servile délire,
Aux sons adulateurs d'une profane lyre :
Mais un libre génie au silence des bois,
Seul, de la renommée éveille les cent voix.

C'est là qu'à ses regards brillent sans imposture
Les traits, ces premiers traits qu'a semés la nature ;
Son amant y saisit des pinceaux enchanteurs,
Et soumet la pensée au charme des couleurs.

S'il porte à la beauté d'harmonieux hommages,
Sur les tiges des fleurs il cueille ses images ;
S'il peint l'éclat des dieux et l'immortel séjour,
Il trempe ses pinceaux dans les flammes du jour ;
S'il veut peindre le sage au front calme et sublime,
D'un cèdre vénérable il contemple la cime ;
S'il égare un baiser, s'il enflamme un soupir,
Il attache à ses vers les ailes du zéphir ;

[il peint l'amour heureux, ses tendres rêveries
[épouillent les gazons et l'émail des prairies;
[il aime à soupirer d'amoureuses douleurs,
ourterelle plaintive, il dérobe tes pleurs.
m lac tranquille et pur, une onde à peine errante,
[ni peint le calme oisif d'une âme indifférente,
[il tente les volcans, il mêle dans ses vers
: le bruit de la foudre et le feu des éclairs.
[il peint Mars irritant de féroces courages,
ı monte ses accords sur le ton des orages;
m dans les sombres bois il emprunte l'horreur
ı'une affreuse harmonie aux torrens en fureur.

rantôt ces noirs vallons où grondent les ravines,
ıantôt ces doux Tempés, ces retraites divines,
ıords peuplés de zéphirs, de nymphes et d'amours,
ıérobent le génie au tourbillon des cours.

mant de la nature et varié comme elle,
a sait peindre sans fard les traits de l'immortelle.
ɔ est de ces auteurs dont le vague pinceau
ɔoudrait de la nature embellir le tableau :
ɔ'ême dans ses horreurs la nature est sublime.

ıɔs forêts, dont l'hiver a secoué la cime,
ɔaurore qui s'éveille au milieu des frissons,
. t ses pleurs en cristal suspendus aux buissons,
ɔɔs gazons attristés que les frimas blanchissent,
ɔɔs torrens vagabonds, ces rochers qu'ils franchissent,
ıɔs eaux que l'aquilon roule en voile ondoyant,
ıa feuille qui dans l'air voltige en tournoyant,

Plairaient mieux que Vénus, et les Grâces et Flore,
Dans les vers de Bernis toujours prêtes d'éclore ;
Toujours de la nature il farde les portraits,
Et, même en la peignant, il n'a point vu ses traits.

La nature en gémit; l'art, ce tyran des villes,
Prête de vains succès à des muses stériles.

L'esprit, évaporé dans les cercles bruyans,
Ne suit qu'un fol usage et des goûts ondoyans.
Mais, éprise des bois et du calme accueillie,
Lumineuse et profonde, active et recueillie,
L'étude rêve, au sein des antres écartés.
L'immortelle nature y veille à ses côtés.
Le génie à ses yeux s'enflamme et se déploie,
Puise dans ses travaux une sublime joie ;
Aux profanes jaloux dérobe ses plaisirs,
Pour rendre à l'univers compte de ses loisirs.

La gloire se nourrit du silence et de l'ombre.
Sans de profonds loisirs et des veilles sans nombre,
Képler, Bayle, Descartes, et Corneille et Milton,
N'eussent jamais loin d'eux fait éclater leur nom.
Sans éveiller l'envie inquiète, alarmée,
Long-temps ils méditaient leur vaste renommée;
Mais ils laissaient à peine échapper leurs travaux,
Qu'un éclat imprévu foudroya leurs rivaux.

Avant que Jupiter éclate sur nos têtes,
Un nuage long-temps médite les tempêtes,
D'un bitume orageux nourrit son vaste corps,

sa foudre en silence amasse les trésors ;
ne d'onde et de flamme, il vole, éclate, tonne,
sarcourt en grondant le globe qu'il étonne.

qui n'a point l'amour de l'ombre et des forêts,
profane, du Pinde ignore les secrets.

Bs sacrés du Permesse, ô grottes, ô bocages,
Il dieu m'arrêtera sous vos divins ombrages !
mphes du Mincius, rendez à mes transports
traces de Virgile empreintes sur vos bords.
esé-je, ô Tivoli, rêver dans tes bois sombres,
consulter encor tes poétiques ombres,
peut-être évoquer les mânes radieux
s''amant de Glycère, et du chantre des dieux.
quel charme d'errer aux antres du Riphée !
recueillir encor dans la grotte d'Orphée,
âme harmonieuse, et les nobles débris
n luth qui mit en pleurs les rochers attendris !

oolitude inspire, et l'ombrage recelle
q poétiques feux la sublime étincelle.
antiques forêts, leur vaste liberté,
se aux enfans du Pinde une heureuse fierté.
l'.thousiasme épars dans leurs routes perdues,
lit de tous ses feux nos âmes éperdues.
bois, les prés, les eaux, l'azur des cieux ouverts,
: l'âme du génie et la source des vers.

oode assoupi dans les vallons d'Ascrée,
lit mieux des neuf sœurs l'influence sacrée.

Pindare s'égarant sous les bois de Cadmus,
De l'Ismène cent fois ravit les flots émus.
Théocrite fuyait les murs de Syracuse
Pour éveiller sa lyre aux sources d'Aréthuse.
Virgile préféra les bords de ses marais
Aux fêtes de Capoue, au luxe des palais.
Cicéron méditait dans les bois de Tuscule;
Les bois chers à Délie inspirèrent Tibulle.
Des tumultes de Rome, Horace épouvanté
Redemandait toujours ce Tibur si vanté,
Ses festins innocens, ses mauves salutaires,
Et des vallons sabins les antres solitaires.
C'est de là qu'insultant au luxe des Romains,
Il peignait le bonheur des champêtres humains.

Ah! s'il n'eût point rêvé dans les forêts d'Algide,
Aurait-il vu Pallas secouant son égide,
De leurs monts orgueilleux les géans accablés,
Et le Styx s'agitant sous des roseaux brûlés?
Sur les glaces de l'Èbre eût-il vu les bacchantes
Parer d'affreux serpens leurs têtes menaçantes,
Ou l'âme de Caton échappant à César,
Lorsqu'il traînait le monde et les dieux à son char?

O muse! ô docte ivresse! ô fureur libre et sainte!
C'est toi qui des cités fuyais l'ombre et l'enceinte,
Quand, pour donner aux Grecs d'harmonieuses lois,
Homère osa chanter les querelles des rois.
Tu livrais la nature à son vol sans limite,
Que l'esprit n'ose atteindre, et qu'en vain l'art imite.

Quel feu ! quels traits divins ! quels sublimes pinceaux !
Quels dessins variés d'innombrables tableaux !
L'univers se peignait dans cette âme profonde,
De naïves beautés source à jamais féconde.

Par lui, Minerve coule aux lèvres de Nestor ;
L'amour pleure aux adieux de l'épouse d'Hector ;
Le jeune Astyanax, sur le sein de sa mère,
Se rejette, effrayé du casque de son père ;
Andromaque se trouble à ces naïves peurs ;
Elle jette un sourire, hélas ! mêlé de pleurs.
O plaintive Andromaque ! ô touchantes alarmes !
Quel barbare oserait vous refuser des larmes !

Si de la jeune Hélène il colore les traits,
S'il peint de Calypso la grotte et les attraits,
De grâces et de fleurs il sème leur peinture.
Quand sa main, de Vénus a tissu la ceinture,
Sa main entrelaça les baisers, les langueurs,
Les jeux, le souris tendre et les molles rigueurs.
Ses vers coulent, plus doux qu'une naïade errante,
Promenant sur des fleurs son onde transparente.

Mais s'il fait éclater les trompettes de Mars,
J'entends le choc affreux des guerriers et des chars ;
Tout s'arme, tout combat, tout respire Bellone.
Le Xante dans ses vers gronde, écume, bouillonne,
Roule, avec les débris, les casques et les morts,
Ce formidable Achille insultant à ses bords.
Voyez le fier Ajax couvert d'ombre et de poudre,
Défiant Jupiter, et le jour, et la foudre ;

II.   15

Voyez ce dieu tonnant sur les astres assis,
Et le front immortel courbant ses noirs sourcils
Qui balancent les cieux et la terre ébranlée.

Ses vers étincelans sont une flamme ailée
Qui dérobe à l'oubli ses rayons éclatans,
Et s'envole au-delà des siècles inconstans.
Bords sacrés du Mélès, il vous dut ces images,
Et ce feu créateur qui ravit nos hommages.
L'Homère qui chanta les bocages d'Éden,
Ce Milton si fameux, Waller, Pope, Dryden,
N'eussent point de leurs vers illustré l'harmonie,
Si Palès n'eût jamais caressé leur génie.

O Vaucluse! ton onde est rivale des mers;
Pétrarque de ta source a vu couler ses vers.
Il dut moins son génie aux doux charmes de Laure,
Qu'à des champs parfumés des haleines de Flore.

Moi-même quelquefois au sein des bois altiers,
Je m'ouvris d'Hélicon les pénibles sentiers.
Ces bords, que n'ont jamais foulés des pas vulgaires,
Accueillaient mes regards noblement téméraires.
J'échappais aux mortels disparus à mes yeux,
Et je ne voyais plus que le Pinde et les cieux.
Daphné me couronnait de ses tiges fécondes.
Permesse autour de moi semblait rouler ses ondes;
Mes sens étaient émus; et mon cœur agité
Respirait l'ambroisie et l'immortalité.
Ma tête s'enflammait des rayons du génie;
Érato, Calliope, Euterpe, Polymnie,

M'entraînaient tour à tour dans leur sacré vallon ;
A travers des lauriers j'y voyais Apollon
Assis au pied d'un antre éclairé de sa gloire,
S'appuyant d'une main sur sa lyre d'ivoire.
Ses nymphes l'entouraient ; leur groupe ingénieux
Frappait l'herbe, en dansant, de pas harmonieux :
De sylvains et d'amours elles étaient suivies.
Quels sons venaient frapper mes oreilles ravies ?
Les feuilles se taisaient ; Zéphyr n'osait voler ;
Et même à ses roseaux l'onde n'osait parler.

Là, j'entendais encore une voix plus charmante ;
La plus douce harmonie est la voix d'une amante.
Que de fois unissant ma lyre à ses accords,
Du nom d'Adélaïde ai-je ravi ces bords ?
Écho le répétait, à l'envi de ma lyre,
De coteaux en coteaux, de zéphire en zéphire.

Ombres qui voltigez autour des arbrisseaux,
O grottes ! ô forêts ! ô fraîcheur des ruisseaux !
Riantes voluptés, délices des campagnes,
Des muses, des amans vous êtes les compagnes.

A l'aspect des hameaux tous les cœurs excités
S'envolent des palais, s'échappent des cités.

Tel nous voyons ce fleuve, au sein des murs qu'il lave,
De fange profané, roulant une onde esclave,
Et s'indignant du joug offert de toutes parts ;
Impatient, il fuit de serviles remparts,
Et, libre de ses fers, court épurer ses ondes

Au sein des bois altiers et des plaines fécondes.

Tel lui-même nous voit de ses rives épris,
Loin d'une ville esclave, épurer nos esprits.
Aux grottes de Palès, Minerve aime à descendre;
C'est là que de plus pres un mortel peut l'entendre.

Là ne circulent pas ces tourbillons musqués
Dont nos cercles divins sont toujours offusqués;
Tous ces légers mortels, ces têtes inquiètes,
Pleines d'ennui, d'orgueil, et d'ambre et d'ariettes,
Essaim tumultueux, insectes turbulens,
Dont l'aile ose effleurer le flambeau des talens :
Ni ces jeunes beautés, troupe folle et divine,
Qui, la navette en main, jugent Pope et Racine;
Ni ces graves censeurs, importans sourcilleux,
Qui blessent chaque vers d'un regard pointilleux.

Là n'est point ce Crésus, dont la riche indolence
Daigne attacher Minerve au char de l'opulence,
Et dictant son éloge aux enfans d'Apollon,
D'un coup d'œil protecteur insulte l'Hélicon.

Là n'est point ce vil grand, dont la froide manie
Veut éteindre à jamais les flammes du génie,
Et prétend qu'un repos, obscur et clandestin,
Ordonne de la gloire et dicte son destin.
Du seul bruit des grandeurs son oreille assourdie
Rejette les concerts d'une muse applaudie.
Il traite d'insensé le langage des dieux;
L'immortalité même est un crime à ses yeux.

ieux! ne le vois-je pas, dans sa fureur atroce,
des brigands du Nord reste impur et féroce,
er de ne rien connaître et de tout mépriser,
rracher une lyre, et prompt à la briser......

h! barbare, suspends tes coups et tes blasphêmes!
iiomède insensé, tu blesses les dieux mêmes!
iiens, et lis sur le front des talens indignés
a honte des mortels qui les ont dédaignés :
ois-y la tienne écrite, et poursuis si tu l'oses.
oourquoi, serpent jaloux, empoisonner ces roses,
es lauriers qu'aux vertus préparèrent nos mains?
es talens sont des dieux nés parmi les humains.

h! qu'estimes-tu donc, âme stupide et fière,
Qui n'as rien d'élevé qu'une ignorance altière?
Ois; serait-ce des rois dans la pourpre obscurcis,
Aux pleurs des malheureux par mollesse endurcis,
oerait-ce des chasseurs turbulens et stupides
Qui partagent l'instinct de leurs meutes rapides?
Sont-ce des courtisans, animaux venimeux,
Et dans l'art de ramper indignement fameux?
Sera-ce un politique, ambitieux ministre,
Immolant tout l'empire à sa grandeur sinistre?

.. . .

Fatigué de repos, de mollesse vaincu,
Vis sans avoir pensé, meurs sans avoir vécu;
On pourrait t'imiter; sans doute il est facile
De traîner loin des arts une enfance imbécile,
D'envelopper ses jours dans un lâche sommeil,

15.

De s'endormir enfin sans espoir de réveil.
Mais si tu veux des arts me dérober la flamme,
M'éteindre leurs clartés, barbare, éteins mon âme.
Eh! que faire d'une âme, inutile fardeau,
Qu'alors de mille erreurs obscurcit le bandeau?
Sombre, aveugle, rampante, obscure et profanée,
De l'essence des dieux semble-t-elle émanée?

C'est elle qui donna des lois aux nations,
L'homme voit, pense, agit et marche à ses rayons.
C'est Dédale échappé des murs du labyrinthe,
Et bravant de Minos les fers et la contrainte.
L'esprit ne connaît pas de vulgaires liens,
La grandeur a ses droits, mais la gloire a les siens.
La gloire est immortelle, et la grandeur expire;
L'une règne à jamais où l'autre est sans empire.
Le grand homme expirant donne ses lois au sort,
Il meurt pour enchaîner et l'envie et la mort.
Des siècles qu'il soumet sa grande ombre est suivie,
Au-delà de ses jours il commence sa vie.

Dans ses nobles destins, le génie est pareil
A ce brillant oiseau, digne fils du soleil;
Lui-même il se consume, et certain de renaître
Du feu qui le dévore, il prend un nouvel être.

Trente siècles roulans sur les frêles mortels,
Entraînant les états, les trônes, les autels,
Loin d'engloutir Homère en leur course profonde,
N'ont fait que l'élever sur les débris du monde.
Qu'enviait Alexandre aux vainqueurs des Troyens?

sait-ce des exploits effacés par les siens ?
[I]ut-ce l'éclat, le sang d'une immortelle mère ?
[N]on, aux destins d'Achille il n'envia qu'Homère.
[C']est le vœu d'un héros attesté par ses pleurs ;
[Ô] regrets généreux ! ô sublime douleurs !

[L]es vainqueurs précédaient Ulysse, Hector, Achille ;
[I]s n'eurent point d'Homère : éclat vain et stérile !
[L]eur gloire s'éteignit dans les flots du Lethé ;
[E]t mourir inconnu, c'est n'avoir pas été.

[L]es peuples, les remparts, les rois, les tombeaux meurent;
[T]out fuit, tout disparaît; et nos lyres demeurent;
[N]os lyre, nos écrits, sublimes conquérans,
[D]es empires vaincus affrontent les tyrans.
[L']Arabe vagabond foule à ses pieds Athènes ;
[A]-t-il pu conquérir Sophocle ou Démosthènes?
[L]a ville de Minerve échappe à ses débris,
[E]t plus superbe encor règne dans leurs écrits.

[R]ome! que t'a servi tout l'éclat de tes armes ?
[M]ais le génie encor te défend par ses charmes.
[Qu']un empire est heureux quand ses murs triomphans
[D]u génie et des arts nourrissent les enfans !
[Qu']un mortel est divin quand sa grandeur suprême
[Est] d'immortaliser sa patrie et soi-même ;
[Et] de leur gloire au loin semant le souvenir,
[A]ux bords qui l'ont vu naitre enchaîner l'avenir !

[C]e bonheur généreux, un barbare l'ignore ;
[Il] consent que l'oubli pour jamais le dévore.

Cet amour de la honte, et ce lâche attentat,
Sont au rang des forfaits que doit punir l'état.
La gloire est un fardeau qui pèse à sa faiblesse.
Briller, c'est l'obscurcir ; et tout éclat le blesse.
Ainsi Caligula, Domitien, Néron,
Déchirèrent Virgile, Homère et Cicéron.
Eh ! quels étaient leurs droits ? leurs droits étaient le crime
Dont l'œil sombre déteste un éclat légitime.

Laisse ces cœurs affreux : ils sont nos ennemis.
Regarde les héros, tous furent nos amis.
Scipion, Périclès, César, Pompée, Octave,
Médicis et Léon, la fille de Gustave,
Et ce grand Frédéric qui, dans le sein de Mars,
Le tonnerre à la main, caresse encor les arts.

Peut-être un Dieu jaloux nous ferme leur carrière ;
Mais reviens sur tes pas et regarde en arrière.
Eh quoi ! ton âme sombre et tes yeux éblouis,
N'osent-ils contempler le siècle de Louis ?
Ce règne étincelant de génie et de gloire
Attachait à nos lis les arts et la victoire.
Clio savait alors, d'un éternel burin,
Graver les noms fameux dans ses fastes d'airain ;
Et dans sa coupe d'or, l'auguste poésie,
Aux sublimes vertus présentait l'ambroisie.
Louis, amant des arts, grand même en ses plaisirs,
Les reçut à sa cour, leur fit d'heureux loisirs.

Des talens adorés persécuteur injuste,
Vois briller à la fois, dans cette cour auguste,

ssuet, Fénelon, Racine, Despréaux,
I l'altière ignorance invincibles fléaux.
rs des courtisans Boileau fut l'Aristarque,
cine à Marly même introduisait Plutarque :
cine, dont la muse et les tendres douleurs
t des yeux de son roi fait couler tant de pleurs.
Hogune y marchait rivale d'Athalie ;
Hière y sut conduire et Tartuffe et Thalie.
HFontaine, sublime en ses naïvetés,
ssa couler des vers par les Grâces dictés.

rs nos demi-dieux, Condé même et Turenne ,
scendaient de l'Olympe aux bords de l'Hippocrène.
Corneille et Louis, les savans, les guerriers ,
rchaient d'un pas égal, ceints des mêmes lauriers.

el spectacle de voir ces têtes immortelles
qprêter leurs rayons, mêler leurs étincelles,
d tous ces grands destins y commencer leur cours !
clairer, embellir la plus noble des cours !
s Muses devançant nos légions altières,
ut de la France alors reculé les frontières ;
d leurs mains ont porté les conquêtes des arts
t n'ont jamais atteint les conquêtes de Mars.

nis sut qu'un héros n'est pas long-temps illustre,
du flambeau des arts il n'emprunte son lustre;
e son règne, fertile en esprits excellens,
r de nobles bienfaits implora leurs talens.

ous ces lauriers rivaux que ses mains cultivèrent,

Pour ombrager sa tête en foule s'élevèrent.
Des arts qui l'entouraient la sublime clarté
Fit rejaillir sur lui leur immortalité.

Oses-tu démentir le plus grand des monarques,
Et ce règne, vainqueur de l'envie et des Parques,
Où le Français, rival des Grecs et des Latins,
A de Rome et d'Athène assemblé les destins !
Vois Lysippe et Myrron, Scopas, Vitruve, Apelle,
Renaissant à la fois, quand Louis les appelle.
Là, Mansard dessina ces portiques divins ;
Ici le Nôtre à Flore éleva ces jardins.
Là, Pomone attendait l'œil de La Quintinie ;
Là, Pujet sur le marbre a soufflé son génie.
Lebrun peignait alors d'une immortelle main
Ces deux héros vainqueurs du Granique et du Rhin.
Lebrun, digne en effet de tracer leur image,
De la terre avec eux sut partager l'hommage.

O nom que l'art d'Apelle a deux fois consacré,
Puisses-tu par ma lyre être encore illustré !
Puisse l'amour des arts qui brûle dans mon âme,
Se tracer vers l'Olympe une route de flamme !

Siècle des vrais talens par Louis caressés,
Beaux jours de nos aïeux, seriez-vous éclipsés ?
Ombre du grand Rousseau, pardonne à ta patrie
L'arrêt d'une Thémis que ta gloire a flétrie ;
Et que du moins un siècle ouvert par Richelieu,
Donne en fermant son cours Voltaire et Montesquieu ;
Nobles et derniers fruits du plus brillant des âges !

pour réparer ses antiques feuillages,
almier que la terre a vu briller long-temps
encor deux rameaux, honneur de ses vieux ans.

ance ! en demi-dieux serais-tu moins féconde ?
iens-toi d'éclairer, ou de venger le monde.
furent tes destins : qu'ils sont loin de nos vœux !
êtres immortels trop indignes neveux,
rejetons l'espoir d'une palme rivale.
 couvrons de lauriers ce honteux intervalle.

sir de la gloire est fait pour les grands cœurs ;
pos dédaigneux, de superbes langueurs,
sprits énervés sont l'indigne partage.
eilles, les travaux, voilà notre héritage ;
ésent fugitif dont tu parais jaloux,
le si tu peux ; l'avenir est à nous.

is-je, l'avenir ? si ta sombre furie
nait ces mortels, flambeaux de la patrie,
tu dans quelle horreur, dans quelle obscurité
siècle ténébreux serait précipité ?

ces jours effrayans, vois ces règnes funèbres,
s forfaits, amans des aveugles ténèbres.
ce chaos affreux de prestiges, d'erreurs,
un siècle ignorant les absurdes fureurs.

x-tu nous replonger dans la nuit de ces âges
erreur nous armait pour de saints brigandages ;
urant par le meurtre honorer les autels,
en les égorgeant, convertir les mortels ?

Veux-tu nous ramener ce jour trop lamentable,
De tant d'assassinats complice épouvantable,
Où le zèle en fureur, levant ses étendards,
Ordonna le carnage, aiguisa les poignards.
Qu'il périsse ce jour! que les nuits les plus sombres,
Qu'un silence éternel l'accablent de leurs ombres!
Qu'il devienne incroyable à la postérité!
Que dis-je? ah! s'il se peut, qu'il n'ait jamais été!
Hélas! deux rois tombés sous un fer parricide,
Attestent de ces temps l'ignorance homicide.
Apprends que les arts seuls écartent ces revers,
Et ces voiles sanglans dont nous fûmes couverts.

Ah! s'il est un barbare, un cœur dur et farouche,
Qu'irritent les neuf sœurs, et que nul art ne touche,
Ce tigre que nos champs n'apprivoisent jamais,
Porte en son cœur d'airain le germe des forfaits.

. . . .

O vous! monts radieux, mes guides, mes flambeaux
Je vous suis en rival; j'embrasse vos tombeaux;
Je jure sur votre urne, et j'atteste vos mânes,
De ne jamais ramper sous des destins profanes.

Et vous qui, d'un regard sublime et caressant,
Daignâtes m'éclairer, me sourire en naissant,
Je m'abandonne à vous, beaux-arts, dieux que j'encensai
Des trésors fugitifs vous réparez l'absence,
Vous élevez nos cœurs, vous charmez nos ennuis,
Et les tourmens du jour, et les veilles des nuits,
Vous n'offensez jamais les yeux de la sagesse;

La liberté vous doit peut-être sa noblesse;
Vous prêtez a l'amour ses traits les plus heureux;
(L'amour devient sublime en des cœurs généreux;)
C'est lui qui le premier fit naître l'harmonie;
Ses regards ont prêté des flammes au génie.
Muses, suivez l'amour à travers nos forêts;
Il chérit comme vous ces ombrages secrets.
Une muse sublime et rejetant l'insulte,
Fuit du palais des grands l'écueil et le tumulte.

Voit-on le rossignol perdre ses doux concerts
Sur des rochers battus et des vents et des mers?
Non, ses accords divins, libres dans un bocage,
Charment les dieux, les airs, le silence et l'ombrage.

CHANT QUATRIÈME.

L'AMOUR.

I.

Tout s'anime au printemps; ses douces influences
Font du sein de la terre éclore les semences;
Mais aux champs émaillés il prête moins de fleurs,
Qu'il ne sème d'amours et de feux dans les cœurs.
Les nymphes, les gazons, les amours reparaissent,
Complices de leurs jeux, les ombrages renaissent.
Les baisers caressans voltigent dans les bois;
Tout s'enflamme, tout cède aux amoureuses lois.
L'air, principe éternel, Vénus, âme du monde,
Versent dans chaque germe une chaleur féconde.
L'hiver ne retient plus le pampre impatient;
Bacchus est sous l'écorce et l'entr'ouvre en riant;
La volupté lascive et ses flammes brûlantes
Circulent dans les fleurs, dans les bois, dans les plantes;
Les troupeaux ont leurs jours destinés à Vénus,
Et les feux de l'hymen leur sont même connus.
L'air humecte de pleurs le sein des prés arides,
Flore laisse échapper ses roses moins timides.
Tels furent les beaux jours du naissant univers,

Jours long-temps respectés des farouches hivers.
Tel brilla ce printemps dont le premier sourire
Fit du sombre chaos disparaître l'empire,
Quand l'homme déployant un front impérieux,
Vit l'aurore éclater aux barrières des cieux.

Age d'or, siècle heureux, ô jours de l'innocence!
Jours qu'altéra bientôt la profane licence.
Age d'or, par nos vœux tant de fois rappelé,
Serais-tu pour jamais dans les cieux envolé?
Pour les tristes humains n'est-il plus d'espérance?
N'auront-ils du bonheur qu'une frêle apparence?

Je ne regrette point ces zéphirs enchanteurs,
Cet hymen éternel et des fruits et des fleurs,
Ces plaines que le soc n'eut jamais fatiguées,
Ces moissons sans culture aux seuls vœux prodiguées,
Ni des cieux toujours purs, ni des champs toujours verts;
Ni des jours ni des biens sans terme et sans revers;
Je regrette à jamais cette pure sagesse,
Aimable sans licence, austère sans rudesse;
Parlant avec les dieux, instruisant les humains,
Dans un fertile champ cultivé de ses mains.
Je te regrette encore, égalité première,
Que mon cœur respirait même avant la lumière;
Je regrette ces feux, ce génie épuré,
Que les flambeaux de l'art n'ont que trop égaré.
Je te regrette, amour, alors sans imposture;
Amour, toi le premier des cris de la nature,

Toi qui te vis changer par l'hymen rigoureux,
En devoir, en serment, en parjure amoureux.
La nature assembla de ses mains éternelles
Les deux premiers amans, ces cœurs purs et fidèles ;
Ils s'adoraient sans art, sans feinte, sans remords ;
Un ciel toujours riant éclaira leurs transports,
Et les feux les plus purs de la voûte azurée
L'étaient bien moins encor que leur flamme épurée.
Les cœurs tendres s'ouvraient à de tendres aveux ;
On ne rougissait pas d'aimer et d'être heureux.
Mais dans les cœurs bientôt les soupçons s'éveillèrent ;
Les amours ingénus en pleurant s'envolèrent.
Bientôt les préjugés amenant les égards,
On mesura leurs pas, on compta les regards.
Hélas ! rompant des cœurs la douce intelligence,
On surprit leurs soupirs et même leur silence ;
Tout devint criminel par le crime des lois.
Coupables avec art, et malheureux par choix,
Insensés, est-ce à nous d'altérer la nature,
De changer en vertu la feinte et l'imposture ?
Quand les premiers humains respiraient la candeur,
L'amour était sans voile et non pas sans pudeur.
On ne vit point alors une amante ingénue
Mentir à son cœur même et rougir d'être nue.
Pourquoi se dérober aux yeux de son amant ?
Le voile est un mensonge, et l'obstacle un tourment.
Malheur à la beauté dont la trompeuse adresse
Trafiqua le baiser et vendit la tendresse !
L'hymen suivit de près ce commerce imposteur ;
Du prix de ses trésors il crut payer un cœur :

Entouré des sermens, des égards, des parjures,
Éteignit de l'amour les flammes les plus pures,
En des jours fastueux changea ses douces nuits,
Recueillit les soupçons et sema les ennuis.

II.

De l'ombre des soupçons ma candeur s'effarouche,
Même en les prononçant je crois flétrir ma bouche.
Je m'échappe d'un cœur dont ma flamme a douté :
C'est un fruit qui n'a plus sa naïve beauté.
Tout voile me déplaît dans le cœur d'une amante ;
Que le jour soit moins pur, l'onde moins transparente !
L'amour est un enfant ; ses jeux sont indiscrets ;
Il laisse avec son âme échapper ses secrets.
Sa naïve imprudence est cent fois préférable
Aux replis tortueux d'un cœur impénétrable.
Dût l'amour s'assoupir dans un calme trop doux,
Craignons de l'éveiller par les dépits jaloux.

Amans, loin de vos feux écartez ces ombrages,
De légères vapeurs fomentent les orages.
Dès qu'une âme est ouverte au souffle des soupçons,
L'amoureuse ambroisie est changée en poisons ;
Et Vénus chaque jour, par de lentes atteintes,
Voit ses myrtes flétris et ses flammes éteintes.

III.

C'est là que de Vénus l'amoureuse indolence

16.

Respire mollement l'air, l'ombre et le silence,
Dès que Flore échappée aux fureurs du Verseau,
Du printemps qui renaît parfume le berceau.

Déjà, du triste hiver réparant les outrages,
Nos bois aux doux larcins vont prêter leurs ombrages ;
Venez, tendres amans ; les grottes, les forêts,
Du dieu que vous servez sont les temples secrets.
Il aime à s'égarer sur l'émail des prairies,
Et leur calme entretient ses douces rêveries.
Là ce dieu des baisers, sans erreur, sans bandeau,
A le myrte pour dais, et l'ombre pour rideau.
Dès qu'amour y répand sa flamme enchanteresse.
Une source, un zéphir, une rose intéresse.
Il vole autour de nous sur l'aile des oiseaux,
Il germe avec ces fleurs, il coule avec ces eaux.
Dans ces prés amoureux, nos Tircis, nos Philènes,
Ne ravirent jamais d'infidèles Hélènes ;
Et Danaé jamais, ivre d'un vain trésor,
N'a vendu ses faveurs aux caresses de l'or.

Les ailes du plaisir agitent nos fougères,
La foi repose encore au sein de nos bergères ;
Sans avoir de Boucher fait mentir le pinceau,
Leurs peintres sont nos cœurs, et leur glace un ruisseau ;
Riches de leurs attraits, belles sans imposture,
Pékin n'a point tissu l'éclat de leur parure.
Dulac ne leur rend pas, comme aux teints empruntés,
Des roses sans pudeur et des lis effrontés.

Aiment-elles? jamais ces commerces de flammes,
A de perfides mains ne livrèrent leurs âmes;
Et jamais d'un jaloux le regard ombrageux
N'interroge un gazon complice de leurs jeux.
Richelieu n'y vint pas semer des feux volages;
Willars n'a point souillé l'abri de ces feuillages;
D'un luxe efféminé ces gazons inconnus
N'offrent des lits de fleurs qu'aux amours ingénus.
Lits de pourpre et de soie, alcôves fastueuses,
C'est à vous d'inspirer ces ardeurs monstrueuses.
Hélas! baignés de pleurs, ou fatigués d'ennuis,
Vous ignorez l'amour, ce doux charme des nuits.
A peine quelquefois la vaine erreur d'un songe
Vous laisse du bonheur entrevoir le mensonge.

Les heures, les saisons, entrelaçant leurs mains,
Ne parlent que d'amour aux champêtres humains.
Zéphyr nous rend Vénus sur des ailes de rose,
Et du nectar des fleurs le doux printemps l'arrose;
Quand l'été rend la faux à l'amant des guérets,
Il chante encor Vénus en dépouillant Cérès.
Il chante, et du berger l'harmonieuse adresse
Sur un frêle roseau fait parler sa tendresse;
Mais l'automne, riant sur les coteaux voisins,
Mêle aux flammes d'amour l'ivresse des raisins.
L'hiver a ses plaisirs. Quand la triste froidure
Détruira ces bosquets, ces lambris de verdure,
La voûte des rochers pendans sur les vallons,
Offre aux hameaux voisins de rustiques salons,
Où les débris du chanvre et des vertes feuillées

Éclairent d'un feu lent les champêtres veillées,
Quand, au bruit des fuseaux, leurs contes fabuleux
Trompent les longues nuits des hivers nébuleux.
Doux loisirs, champs heureux, dont les fleurs, les ombrages
Ne connurent jamais la cour et les orages !
Asile de l'amour par Minerve habité,
Retraite du génie et de la volupté,
Bois, fontaines, vallons, invitez mon amante !
Gazons mystérieux, et toi, grotte charmante,
Où mes chants défiaient l'amant de Coronis,
Grotte où Vénus sans doute a conduit Adonis,
Quand pourrai-je en ton sein, caressé du mystère,
Avec ma seule amante amener tout Cythère ;
Et mêlant nos soupirs, nos baisers, nos sermens,
Entrelacer l'amour dans nos embrassemens ?
Ah ! qu'alors tu verrais sur nos lèvres brûlantes
Errer avec nos cœurs ces plaintes caressantes,
Ces accens du plaisir, ce murmure enflammé,
Et cette mort qu'exprime un silence pâmé !
Non, la colombe instruite aux plus douces caresses,
Jamais ne sentit mieux leurs brûlantes ivresses.
Grotte aimable, où deux cœurs, plus tendres, plus heureux
Dans tes ombres jamais n'ont épanché leurs feux,
Que de tant de baisers ta mousse confidente
N'en révèle jamais une trace imprudente ;
Mais que ce doux instant, source de mes beaux jours,
Aux destins de Fanni m'enchaîne pour toujours !

Pour toujours !.. Ah ! Vénus ! quel serment ! quel langage
Le croirai-je ? est-ce moi qu'un nœud paisible engage !

œi qui, plus agité que l'onde et les roseaux,
t, tant de fois d'amour rompu tous les réseaux,
, qui, pour mieux fixer le caprice des belles,
mpruntais du zéphir l'inconstance et les ailes?
iaime, et d'un feu si pur, que Tibulle et Gallus,
t La Fare inspiré des regards de Caylus,
e sentirent jamais ces brûlantes ivresses!
ini, mes vœux ont fixé leurs volages tendresses;
t je porte des fers, mon cœur les a choisis;
la! qui n'eût point aimé l'amante de Mysis!
yysis! ô nom charmant que sa bouche adorée
oupire quelquefois sur ma bouche enivrée!
il Mysis! ô Fanni! noms chers! que désormais
œs liens de baisers uniront pour jamais.
ux fureurs du tombeau si la parque vous livre,
jans mes tendres écrits Vénus vous fait revivre.

sais quel bruit vient troubler ma lyre et mes accens?
enthousiasme a fui, comme un léger encens.
entends de douces voix par l'écho répétées,
t je vois à travers ces feuilles agitées
ees nymphes de Palès et les amours badins,
m groupes voltigeans errer dans ces jardins;
ise animant leurs jeux, plus vive qu'une abeille,
e Flore à ses amans dispute la corbeille.
ise à d'un jeune api la vermeille fraîcheur,
l'éclat même du lis envierait sa blancheur;
lais Lise aurait en vain les charmes de Pandore,
ise n'est point Fanni, c'est Fanni que j'adore.

Chère amante ! reçois mes baisers et mes chants ;
Qu'ils soient comme nos feux, sublimes et touchans !

. . . .

FIN DES FRAGMENS DU POÈME DE LA NATURE.

IMPRÉCATIONS.

Ah! que n'est-il au sommet d'Hélicon
Gibets pareils à ceux de Montfaucon!
Nous l'y verrions, et sans gloire et sans vie,
Monstre échappé des bords du Phlégéton,
Serpent impur nourri par Alecton,
Toi que le Styx vomit dans sa furie,
Oès que l'enfer, et la haine et Python
T'eurent formé dans les flancs de l'envie
Pour dévorer tous les fils d'Apollon.
Brigand du Pinde, écumeur littéraire,
Quoi! ton haleine, impie et téméraire,
Ose souiller l'air du sacré vallon!
Pirate obscur, la course hebdomadaire
Vient, déployant pavillon de corsaire,
Porter des fers sur le libre Hélicon.
Des arts, du goût, assassin mercenaire,
Lâche ennemi, dans tes piéges secrets
Tu prends sans cesse auteur noble ou vulgaire,
Racine et Guis, Marmontel et Voltaire,
Sont tour à tour déchirés par tes traits.
Si quelque sot, trébuché dans tes rets,
Empâte d'or ton gosier de Cerbère,
Tu nous le peins sous les plus nobles traits:
C'est un phénix, un Corneille, un Homère,

Fût-ce Gâcon, Mœvius ou Laurès.
La faim te pousse à ce vil brigandage;
Vivre est ton but, la honte est ton partage.
Monstre abreuvé du fiel que tu répauds,
Rongé, nourri, tourmenté par la rage,
Le jour te blesse, et la gloire t'outrage.
Le noir venin de tes jalouses dents
Aime à flétrir les lauriers triomphans.
Nouveau dragon du fruit des Hespérides,
Tombe aujourd'hui sous de nouveaux Alcides.
Du Pinde en vain tu défends les accès,
Ta folle audace embellit nos succès.
Ah! crains le sort de ton horrible père;
Tu fuis en vain dans ton obscur repaire.
Quel dieu poursuit tes pas vils et rampans?
C'est Apollon : crains sa juste colère;
Crains l'arc vengeur si fatal aux serpens!

ÉPIGRAMMES.

ÉPIGRAMMES.

SUR L'ÉPIGRAMME.

Si la grâce ne l'assaisonne,
Malgré tout l'éclat d'un bon mot,
L'épigramme qui vous étonne
Vous aura fatigué bientôt.
Marot évita ces disgrâces
Par sa gente naïveté.
On quitte parfois la beauté,
Jamais on ne quitte les grâces.

I.

A UN ABBÉ

QUI AIMAIT LES LETTRES ET UN PEU TROP MES LIVRES.

Non, tu n'es point de ces abbés ignares
Qui n'ont jamais rien lu que le Missel :
Des bons écrits tu savoures le sel,
Et te connais en livres beaux et rares.
Trop bien le sais ! car, lorsqu'à pas de loup
Tu viens chez moi feuilleter coup sur coup
Mes Elzévirs, ils craignent ton approche.
Dans ta mémoire il en reste beaucoup ;
Beaucoup aussi te restent dans la poche.

II.

SUR UNE DAME POÈTE.

Chloé, belle et poète, a deux petits travers :
Elle fait son visage, et ne fait pas ses vers.

III.

MOYEN SUR DE PARVENIR.

Un chêne était, sur la cime hautaine
Du mont Ida, roi des monts d'alentour :
Un aigle était sur la cime du chêne;
Près de l'Olympe il y tenait sa cour.
A l'improviste apparaît, un beau jour,
Maître escargot, fier d'être au milieu d'elle.
Des courtisans l'œil ne se croit fidèle.
L'un d'eux lui dit : Me serais-je trompé?
Insecte vil, toi qui jamais n'eus d'aile,
Comment vins-tu jusqu'ici? — J'ai rampé.

IV.

A CHLORIS

DONT L'HALEINE ÉTAIT FACHEUSE.

Oui, vous avez, Chloris, les traits de Vénus même;
Oui, de vos yeux le charme est triomphant;

Vos yeux ordonnent qu'on vous aime,
Mais votre bouche le défend.

V.

QU'ON PEUT LIRE DES VERS, MAIS JAMAIS DE POÉSIE, DANS
LA SOCIÉTÉ.

Qu'un bel esprit, grand homme en miniature,
Lise au boudoir ses vers fins ou galans,
Il est au ton de nos cercles brillans ;
Mais qu'un génie, amant de la nature,
Chante à huis clos, c'est gêner ses élans.
Joli serin doit voler pour les belles :
Sur leur toilette ou se plaît à le voir ;
Mais qu'y ferait un aigle aux vastes ailes ?
Il doit franchir les voûtes immortelles....
L'aigle n'est point un oiseau de boudoir.

VI.

MIRACLES DE LA BIBLE.

A tout miracle révélé,
Un certain Charle peu crédule
Soutenait qu'ânesse ni mule
En aucun temps n'avait parlé.
Quoi ! dit Fontenai l'infaillible,
Oses-tu démentir la Bible ?
De par le grand Dieu d'Abraham,
Je te jure, mon ami Charle,

Que l'ânesse de Balaam
A parlé, comme je te parle.

VII.

Qu'en son faux zèle une prude est amère !
Damner le monde est un plaisir d'élus ;
Mais le Sauveur, à la femme adultère,
Dit, sans courroux, Allez, ne péchez plus !
Telle est du ciel la sublime indulgence;
Il plaint l'erreur, il pardonne à l'offense ;
Il n'arme point ni le fer ni le feu.
La pécheresse eut sa grâce accordée;
Mais qu'on suppose à la place de Dieu
Prude ou docteur, elle était lapidée !

VIII.

Oh ! que de fois, sur les flots de Cythère,
Je m'embarquai dans ma jeune saison !
Mais il n'est rien que l'âge enfin n'altère.
Me siérait-il, aujourd'hui vieux Jason,
D'aller ravir l'amoureuse toison ?
Charmans écueils où se font maints naufrages,
Belles, j'ai trop mouillé dans vos parages.
Adieu vous dis : l'âge à raison se joint.
Je rentre au port, mais battu des orages,
Et, par les vents, démâté de tout point.

IX.

Même à Paphos la gloire a des amantes.
Hïer, chantant l'esprit et la beauté,
Ma lyré en main, à deux femmes charmantes,
J'offrais l'espoir de l'immortalité.
L'une applaudit, et son œil enchanté
Brilla d'un feu qui la rendit plus belle :
Ah! c'était toi, jeune et touchante Adèle!
L'autre me dit : J'aime bien l'avenir;
Mais je voudrais, avant d'être immortelle,
Que de six ans me fissiez rajeunir.

X.

SUR UNE DEMOISELLE

QUI AVAIT FAIT UN DRAME ET UN ENFANT.

Cette muse, assez profane,
A fait deux œuvres, dit-on,
L'une, en dépit d'Apollon,
L'autre, en dépit de Diane.

XI.

Écoutez-moi, ma vieillotte Gertrude,
Nous vous passons d'aimer à cinquante ans;
Nous vous passons d'épuiser vingt amans,
Mais pouvons-nous vous passer d'être prude?

XII.

SUR DORAT.

Phosphore passager, Dorat brille et s'efface :
C'est le ver-luisant du Parnasse.

XIII.

SUR LE MÊME.

Dorat qui veut tout essayer, tout feindre,
Trompe à la fois et la gloire et l'amour :
Il est si bien le poète du jour,
Qu'au lendemain il ne saurait atteindre.

XIV.

AVANTAGE DE L'EXTRÊME LAIDEUR.

L'âge a fané les roses de Naïs ;
J'ai vu périr la beauté de Lydie :
Revers pareil menace en vain Cléis ;
Cléis jamais ne peut être enlaidie.

XV.

N'estimer rien n'est pas un crime,
Et La Harpe le prouve bien ;
Car on sait qu'il n'estime rien,
Non, rien, même quand il s'estime.

XVI.

sur la réception de Trublet à l'Académie, après vingt
ans de poursuites assidues pour y entrer.

Après avoir sans relâche heurté,
Heurté vingt ans à l'huis académique,
Enfin Trublet, si long-temps rebuté,
Entre, et se glisse au fauteuil narcotique.
Lors il s'écrie : O combien de labeurs
Tu m'as coûté, fauteuil, cher aux grands cœurs !
Que le talent, j'en ai l'expérience,
A de jaloux prêts à le traverser !
Que pour la gloire il faut de patience !
Et qu'un génie est de temps à percer !

XVII.

SUR LE MÊME.

Lorsque Trublet, saint homme s'il en fut,
Malgré Voltaire et l'indévote clique,
Eut le fauteuil qu'on nomme académique,
Sa vanité me guettait à l'affût :
C'était un jour qu'il enfilait le Louvre.
Voyez, dit-il, notre Olympe qui s'ouvre ;
C'est d'Apollon le temple favori.
De nos portraits il est plein jusqu'au cintre :
Le mien y manque ; il me faut un bon peintre ;
Conseillez-moi ; qui choisirai-je ? — Oudri*.

★ Fameux peintre d'animaux.

XVIII.

Connaissez-vous cette antique Sylvie
Dont la fureur est de se rajeunir ?
D'amours encore elle se croit suivie,
Mais les fuyards n'y veulent revenir.
Dulac en vain recrépit mon actrice ;
Pour démentir la ride accusatrice,
A cinquante ans elle s'en dit vingt-neuf;
Et même un jour, si tel est son caprice,
La belle aura baptistaire si neuf,
Qu'il faudra bien la remettre en nourrice.

XIX.

Quand un beau prince, escroc sérénissime *,
Nous allégea de trente millions,
Maint bon vieillard, souffreteux, cacochime,
Porter lui fut ses lamentations :
C'était pitié de voir leur doléance.
Lors un matois chargé de la créance
Les avisant, leur dit : Ne larmoyez ;
Princes ne sont qu'honneur et conscience !
Sans perdre rien vous serez tous payés
Dans cinquante ans ; ne faut que patience !

★ Le prince de Rohan, entre les mains de qui Lebrun avait placé 18,500 livres, et qu'il se vit enlever par la banqueroute considérable que fit ce prince.

XX.

Dialogue entre un pauvre poète et l'auteur.

on vient de me voler. — Que je plains ton malheur!
tous mes vers manuscrits. — Que je plains le voleur!

XXI.

CONSEILS AUX AMIS.

Mortels aimans, vous, ô vous de qui l'âme
Se plaît à vivre en une autre moitié,
Comme vestale, entretenez la flamme
Sur l'autel pur de la sainte amitié!
Veillez-y bien! gardez bien que l'on ose
Empoisonner ce bonheur de vos jours:
Le sentiment est semblable à la rose;
Flétrie une heure, elle l'est pour toujours.

XXII.

SUR LA HARPE

Qui venait de parler du grand Corneille avec irrévérence.

Ce petit homme à son petit compas,
Veut sans pudeur asservir le génie;
Au bas du Pinde il trotte à petits pas,
Et croit franchir les sommets d'Aonie.
Au grand Corneille il a fait avanie;
Mais, à vrai dire, on riait aux éclats,

De voir ce nain mesurer un Atlas;
Et redoublant ses efforts de pygmée,
Burlesquement roidir ses petits bras
Pour étouffer si haute renommée!

XXIII.

LE MIEUX ET LE BIEN.

Le mieux, dit-on, est l'ennemi du bien :
Jamais le goût n'admit ce faux proverbe.
C'était le mieux qu'osa tenter Malherbe,
Meynard fit bien, et Meynard ne fit rien.
Gloire à ce mieux, noble but du génie !
Il enflammait l'auteur d'Iphigénie,
Boileau, Poussin, Phidias, Raphaël.
Le bien, timide, est le mieux du vulgaire.
A feu La Harpe il ne profita guère;
Il en est mort : le mieux est immortel!

XXIV.

A certaine petite sotte qui plaisantait sur la vieillesse d'un homme de génie.

Petite rose, inconnue à la gloire,
Peu de jours vieilliront tes fragiles attraits;
Tels ne sont point les fils des nymphes de mémoire:
Leurs fronts, ceints de lauriers, ne vieillissent jamais.

·XXV.

DÉFENSE DE LA HARPE.

Non, La Harpe au serpent n'a jamais ressemblé ;
Le serpent siffle, et La Harpe est sifflé.

XXVI.

SUR NOS ÉGLOGUES ET IDYLLES FRANÇAISES.

O mes amis! c'est un plaisir bien fade
Que de chanter des moutons qu'on n'a pas !
L'églogue feinte a pour moi peu d'appas.
Berger de ville est une mascarade ;
Et je me ris du bourgeois Lycidas.
Quand l'Agnelet, petit Cotin champêtre,
Dans son grenier rimaillant sous un hêtre,
Nous peint la chèvre et ce qu'elle a brouté,
Au pâturage on croit qu'il a goûté ;
Et désir vient de le renvoyer paître.

XXVII.

SUR LA MORT DE VOLTAIRE.

O Parnasse! frémis de douleur et d'effroi !
Pleurez, Muses! brisez vos lyres immortelles;
Toi, dont il fatigua les cent voix et les ailes,
Dis que Voltaire est mort, pleure, et repose-toi.

II.   18

XXVIII.

Si tu prétends avoir un jour ta niche
Dans ce beau temple où sont quarante élus,
Et d'un portrait guindé vers la corniche
Charmer les sots quand tu ne seras plus,
Jà n'est besoin de chef-d'œuvre bien ample,
Mais de flatter le sacristain du temple;
Puis ce monsieur t'ouvrira le guichet :
Puis de lauriers tu feras grande chère;
Puis immortel seras, comme Porchère,
Boyer, Cotin, et La Harpe et Danchet.

XXIX.

L'abbé Maury, si candide et si pur,
Qui pour Dieu seul employant sa faconde,
Fuit les trésors, vit en grand homme obscur,
Et quelquefois pieusement abonde
En saints romans qu'il débite à la ronde,
Hier, prêchant, dit que par charité
Vincent rama huit mois sur les galères.
Huit mois! le terme est un peu limité :
L'abbé Maury, par zèle pour ses frères,
Eût bien mieux fait; il y serait resté.

XXX.

PORTRAIT NÉGATIF DE L'ABBÉ MAURY.

L'abbé Maury n'a point l'air impudent,
L'abbé Maury n'a point le ton pédant.

L'abbé Maury n'est point homme d'intrigue,
L'abbé Maury n'aime l'or ni la brigue,
L'abbé Maury n'est point un envieux,
L'abbé Maury n'est point un ennuyeux,
L'abbé Maury n'est point un méchant prêtre,
L'abbé Maury n'est cauteleux ni traître,
L'abbé Maury du mal n'a jamais ri,
Dieu soit en aide au bon abbé Maury.

XXXI.

Sur une brochure intitulée : Esprit de l'abbé de
La Porte, *publiée après sa mort.*

De feu La Porte en ce livret,
L'esprit, oui, l'esprit se révèle ;
C'en est la première nouvelle,
Tant le bon abbé fut discret.

XXXII.

De La Porte admirez le sort !
L'esprit lui vint après la mort.

XXXIII.

LE BESOIN D'ÊTRE AIMÉ.

Un malheureux au monde n'avait rien,
Hors un barbet, compagnon de misère,
Et qui mangeait le rien du pauvre here.
Quelqu'un lui dit : Que fais-tu de ce chien,

Toi qui n'as pas même le nécessaire?
Plus à propos serait de t'en défaire.
Le malheureux à ce mot soupira :
Si ne l'ai plus, dit-il, qui m'aimera?

XXXIV.

QU'IL EST NÉCESSAIRE D'UNIR LES GRACES AU GÉNIE.

Vous qui du Pinde abordez les coteaux,
Et dont la gloire est la douce manie,
Portez d'abord votre encens au génie ;
De la nature il tient seul les pinceaux.
Mais que toujours dans vos riches tableaux
Sa beauté fière aux grâces soit unie !
Aimez leur culte ; encensez leur autel :
De qui les fuit vous savez les disgrâces.
Bardus est mort ! Chaulieu vit par les grâces ;
Et l'art de plaire est l'art d'être immortel.

XXXV.

SUR LE DOCTEUR B***.

Il sait Pindare, il sait Homère,
Il sait Aristote et Platon,
Moïse et Sanchoniaton ;
Il sait même encore, dit-on,
Parler grec, chinois, bas-breton :
Que ne sait-il plutôt.... se taire ?

XXXVI.

SUR UNE FEMME LAIDE ET SOTTE.

Cléis, bien laide, avec peine se mire ,
Car des miroirs sa laideur elle apprit :
Cléis, bien sotte, en babillant s'admire.
Oh ! que n'est-il des miroirs pour l'esprit !

XXXVII.

FAUSSE ACCUSATION.

Thélésia, cette femme de bien,
Qui de laideur fut richement dotée,
Dit qu'en amour je ne respecte rien ;
Elle a grand tort : je l'ai tant respectée !

XXXVIII.

LE BONHEUR DES PAUVRES D'ESPRIT.

Les pauvres d'esprit vraiment sont
Heureux dans l'une et l'autre vie ;
Car droit au paradis ils vont,
Comme ils vont à l'académie.

XXXIX.

SUR LE CORIOLAN DE LA HARPE,

DONNÉ POUR LES PAUVRES.

Pour les pauvres la comédie
Donne une pauvre tragédie :

18.

Il est bien juste, en vérité,
De l'applaudir par charité.

XL.

LES NOUVEAUX PRÉDICATEURS.

Le rire est mort : prêcher est la folie.
Arlequin prêche ; on fait prêcher Thalie.
La nuit Young prêche à faire frémir ;
Le jour d'Arnaud prêche à faire dormir.
Drames, romans, tout prêche. Bélisaire
Fait, en prêchant, bâiller Justinien.
C'est bien prêché, dit, en bâillant, Voltaire.
Je bâille aussi, sans dire : il prêche bien ;
Et, tout bâillant, je ris de la sottise
Qui fait prêcher partout, hors à l'église.

XLI.

J'aime Racine, et j'admire Corneille,
Tous deux l'honneur du Théâtre-Français,
Des Grecs tous deux éclipsant les succès.
Comment choisir entre double merveille ?
Ici, la force est la sublimité ;
Là, d'un vers pur la céleste beauté,
La passion, les grâces, l'harmonie :
Vaste, élevé, profond, mais inégal,
Créant son art, son siècle, son rival,
L'un est génie, et l'autre a du génie.

XLII.

A un homme en place, qui se mêlait de juger les vers.

Pour bien juger nos doctes veilles,
Mon bel ami, n'aurais-tu pas,
Comme ton devancier Midas,
Trop peu d'esprit et trop d'oreilles?

XLIII.

SUR LA HARPE,

Qui a fait une critique amère de Lemière dans le Mercure.

Feu La Harpe croit vivre, et feu La Harpe a tort.
   Faisant les honneurs de sa bière,
Ce matin au Mercure il enterrait Lemière;
Mais un mort peut-il être enterré par un mort?

XLIV.

SUR DES AUTEURS DE MAUVAIS JOURNAUX.

Moins écrivains que libellistes,
Nos aristarques de greniers,
Pour vivre se font journalistes....
Que ne se font-ils journaliers?

XLV.

A MA MUSE.

Toi qu'Apollon, aux sources d'Hippocrène,
Ceint d'un laurier qui fait quelques jaloux,

Muse, crois-moi, fuis l'indécente arène
Où te provoque un ***, un ***,
L'aigle va-t-il combattre les hiboux ?
Le cygne altier planant sur le Parnasse,
Et dont la voix est faite pour les dieux,
Quand des marais le vil peuple coasse,
Interrompt-il ses chants mélodieux ?

XLVI.

En vain te fardes-tu, Belinde, pour qu'on t'aime;
De plaire à soixante ans quitte le fol espoir.
Tu crois tromper nos yeux, le temps et ton miroir,
Et tu ne trompes que toi-même.

XLVII.

Chloé, pourquoi tant de vacarmes ?
Écoute deux mots pour ton bien :
Tu dis qu'on te dispute et tes vers et tes charmes;
Apprends que tous les jours on dispute sur rien.

XLVIII.

A LA HARPE,

SUR TOUS SES ÉLOGES DE VOLTAIRE.

Mon ami le thuriféraire,
Qui ne cesses, matin et soir,
D'encenser l'ombre de Voltaire,
Pour Dieu ! fais trêve à l'encensoir.

Ton idole en est enfumée ;
De l'éclat de sa renommée
Tu voudrais couvrir ton néant ;
Mais, si Voltaire est un géant,
En seras-tu moins un pygmée ?

XLIX.

SUR UN JOURNALISTE

QUI SE VANTAIT DE NE PAS EMPRUNTER.

Lubin se fait, dit-il, une religion
De n'emprunter jamais : quelle dérision !
Pour emprunter sans cesse il prend une autre route.
    Il fait des journaux : on souscrit ;
    Et, comme il faut payer d'esprit,
    Lubin fait toujours banqueroute.

L.

SUR UNE BEAUTÉ DANS SON AUTOMNE.

Belle un peu mûre, Églé dans son automne,
Lorgne, folâtre, et se croit au printemps.
Heureuse encor, cette adroite friponne
Trompe l'amour, et croit tromper le temps.

LI.

LES DEUX GÉOGRAPHES.

    Un gros magister du Vexin,
    Qui ne sut onc prose ni mètres,

Vit sur la carte, en grandes lettres,
Bien imprimé, *le Pont Euxin.*
Un pont sur mer! c'est du mécompte ;
On n'y doit pas monter souvent.
Peut-on nous bercer d'un tel conte!
Quoi ! dit Blaise d'un ton savant,
Ne sais-tu pas que l'on y monte
Par les Échelles du Levant ?

LII.

SUR GIN,

QUI POSTULAIT POUR L'ACADÉMIE.

Sur notre Pinde académique,
Qui du vrai Pinde est peu voisin,
Notre Euripide limousin,
Marmontel hurle du tragique ;
Sedaine gâche du comique,
Chabanon râcle du lyrique ;
Lemière, en rime didactique,
Nous trace l'art du Pérugin ;
La Harpe, dans la poétique,
Est, seul, Aristote et Longin ;
Guibert est Végèce en tactique :
Eh ! que sera donc monsieur Gin ?

LIII.

SUR UN VILAIN PETIT FINANCIER.

Cet avide petit magot,
De Plutus ministre barbare,

Est moins flexible qu'un lingot,
Et plus dur que de l'or en barre.

LIV.

ÉPITAPHE DE M. BAOUR-LORMIAN.

Ci-dessous gît Baour, le Tasse de Toulouse,
Qui mourut in quarto et remourut in douze.

LV.

J'aime qu'on soit bref et juste en réponse.
Au plus méchant des méchans barbouilleurs,
Au plus braillard des braillards bredouilleurs
Quelqu'un disoit : Toi qui n'as pas une once
De vrai talent, et pas un sou d'ailleurs,
Comment vis-tu ? que fais-tu ? — Je dénonce.

LVI.

La noire Iphise, oubliant sa laideur,
Dit, car son âme est aussi laide et noire,
Que j'eus dessein d'entamer sa pudeur :
Voyez Iphise, et tâchez de le croire !

LVII.

L'INSOMNIE.

Dans les horreurs d'une ardente insomnie,
Au doux sommeil j'adressais maint soupir ;

Lors je lus Beour; et ce n'est calomnie,
Je bâillai tant que je crus m'assoupir.
Puis j'essayai des vers académiques,
Puis des pamphlets qu'on dit économiques :
Je lus encor préfaces de Piron,
Et du La Harpe, et même du Fréron.
Rien n'opérait. J'ouvre enfin ce poème
Plus ennuyeux cent fois que l'ennui même ;
O mois! ô mois! vous m'avez endormi,
De prime-abord, pour un siècle et demi.

LVIII.

AUX QUARANTE.

Dans vos fauteuils honorifiques
Dormez aussi, beaux endormeurs.
Sûrs de vos dons soporifiques,
Bravez les malignes clameurs.
Qu'importe que des Frérons braillent
Et vous montrent toujours les dents;
Les cerbères les plus mordans
Peuvent-ils mordre quand ils bâillent?

LIX.

Toute femme ressemble à la chaste Diane,
Approuvant en secret, dit-on,
Ce qu'en public elle condamne.
Sa bizarre vertu sur le pauvre Actéon
Se venge d'un regard profane,
Et va séduire Endymion.

LX.

A UN ANE PAISSANT.

Que ton appétit se modère,
Bel âne, friand de chardon!
Tu parais oublier ton frère :
Laisses-en, de grâce, à Fréron.

LXI.

Sur ce que des gens de bonne compagnie s'avisaient
de crier contre l'épigramme.

Dans la bonne compagnie
On ne voit que bonnes gens.
Parmi ces cœurs indulgens
Si parfois on calomnie,
C'est dans les cas bien urgens.
Là, qu'on assassine en prose,
On n'est méchant, ni pervers;
Chacun le peut, chacun l'ose;
Mais qu'on égratigne en vers,
Oh! c'est une horrible chose!

LXII.

LA FOLIE DE ***.

Qui avait le cordon bleu par charge sous l'ancien régime.

Son cordon bleu lui tournait la cervelle,
Entre deux draps il s'en parait la nuit;

Il s'en parait au bain, même à la selle;
Il s'en parait en faisant le déduit.
Sans-culotisme a dépouillé Tuffière;
Il en mourra, mon cordon bleu bourgeois;
Il en mourra, certes; mais dans sa bière,
Il le mettra pour la dernière fois.

LXIII.

Sur le monument élevé à J.-J. Rousseau, dans l'île des Peupliers à Ermenonville.

Parmi ces peupliers qu'entoure une onde pure,
La cendre de Jean-Jacques honore ce tombeau :
C'est ici que repose, au sein de la nature,
Son peintre, son amant, le génie et Rousseau.

LXIV.

SUR UN AUTEUR COMIQUE,

QUI AVAIT FAIT DES VERS SUR LE GÉNIE.

J'aime à voir Colin d'Harleville,
De Regnard émule charmant,
Attraper, dans son vers facile,
L'esprit, la grâce et l'enjouement;
Mais, chez les nymphes d'Aonie,
Colin d'Harleville, au hasard
Voulant attraper le génie,
Me semble un peu colin-maillard.

LXV.

A MADAME DE....

Qui, dans la révolution, se disait descendre du maréchal de Castelnau.

Eh ! oui, ma belle douairière,
Oui, je consens que bien ou mal,
Lasse enfin d'être roturière,
Vous descendiez d'un maréchal !
Toute belle est de noble race ;
Mais d'un époux à laide face,
Singe qui vous rendit guenon,
Roturier de fait et de nom,
Que voulez-vous que d'Hosier fasse ?

LXVI.

A QUI SE RECONNAITRA.

Quoi ! petit sot, vous faites des malices !
Las de m'offrir un narcotique encens,
Chez d'autres sots vous cherchez des complices
Pour décrier mes lyriques accens !
A vos tréteaux ameutez les passans ;
De Chapelain contez-leur la victoire ;
Prônez surtout le grand barde Baour ;
Sifflez-moi bien, c'est me faire la cour :
Sifflets de sots sont fanfares de gloire.

LXVII.

LA TIRELIRE,

OU CHAQUE CHOSE A SON TEMPS.

La tirelire est d'usage à Paphos ;
De jour, de nuit, sans cesse elle est de fête.
Belle à vingt ans fait une heureuse quête ;
Lors tout lui pleut, ducats et madrigaux ;
Mais à cinquante on dit : *Nescio vos.*
Vieille quêteuse est chose déplaisante ;
Elle n'obtient que brocards et refus.
Voyez Sylvie, autrefois séduisante,
A tous venans en vain elle présente
Sa tirelire ; hélas ! on n'y met plus.

LXVIII.

PLAISANTERIE SUR DEUX DEMOISELLES

QUI M'AVAIENT CONGÉDIÉ POUR RESTER ENSEMBLE.

Hé bien ! monsieur, mademoiselle,
Grâce à vos amoureux exploits,
Puis-je espérer que, dans neuf mois,
Un joli poupon me révèle
Ce qu'entre vous il s'est passé
Quand vous m'eûtes si bien chassé ?
Bégayant sa gentille prose,
Certes ce bel enfant dira
Qui, de petit rien ou de Rose,
Fut la maman ou le papa.

LXIX.

La Harpe, un jour, avec un ton acerbe,
Voulut tancer son imprimeur hautain ;
Lequel lui dit : Tremble, rimeur superbe !
Tu ne mourras jamais que de ma main.

LXX.

SUR D.... DU S....,

DE LA GRAND'CHAMBRE ET DE L'ACADÉMIE DES SCIENCES,

Qui avait trahi la cause de l'auteur, mais qui jouait très-bien les rôles de Crispin sur les théâtres de société.

Savez-vous bien que Crispin Théonis
Est un grand juge! et qu'en faveur des dames,
De sa Thémis il ourdit bien les trames?
Savez-vous bien que Crispin Théonis
Est astronome, et que, sans aucuns voiles,
En plein midi son œil voit les étoiles?
Savez-vous bien que Crispin Théonis
Est d'un sénat et d'une académie?
Savez-vous bien qu'avec sa prud'hommie,
Il n'est qu'un sot, ce Crispin Théonis.

LXXI.

LA GLOIRE DE BACULARD.

O Baculard! quels lieux ta gloire embrasse!
Que de climats remplit ton Apollon!
Berlin se pâme au cul de ta Manon ;

19.

Le Hottentot s'extasie à ton nom ;
Tes madrigaux charment le froid Lapon ;
Ton Euphémie est chère au Patagon ;
Ton Coligni fait pleurer le Huron.
O Baculard! quels lieux ta gloire embrasse!
Hélas! tu n'es inconnu qu'au Parnasse.

LXXII.

SUR L'EXIL D'UN MINISTRE DÉTESTÉ. *

Qui ne connaît l'insolente bassesse
De ce brigand de rapine engraissé,
Vendant le peuple à l'avare maîtresse
D'un roi qui dort sur son trône éclipsé?
La Providence enfin sauve l'empire ;
Ruffin chancelle et sa faveur expire :
Le Bien-Aimé l'exile de sa cour ;
De le haïr il prend même la peine.
Aucun ne fut son rival en amour;
Que de rivaux il aura dans sa haine!

LXXIII.

SUR UN JOURNAL.

Ce vil journal, dans ses feuilles impures,
Contient l'esprit de tous nos Marsyas :
Sottise y fait chaque jour ses ordures;
Ah! c'est vraiment l'étable d'Augias.
Pareil cloaque enfin serait funeste;

* Malheureusement ce ne fut qu'un faux bruit

Police a tort! la chose est manifeste,
Et toutefois je plains son grand-voyer.
Plus d'un Hercule il faudrait employer,
Et saint Roch même y gagnerait la peste.

LXXIV.

REQUIESCANT IN PACE.

Bardus * a fait un cimetière
Pour ses amis petits et grands :
Là, gît la gloire tout entière
Des Sabatiers et des Morands ;
Là, tous, dans leur petite bière,
Côte à côte proprement mis,
Gissent en paix, bien endormis
Sous leur éloge mortuaire ;
Or, priez Dieu, vous qui passez,
Pour le repos des trépassés.

LXXV.

SUR UNE JOLIE FEMME,

*Lasse de complimens, et qui m'avait promis un baiser
par injure ou pour chaque défaut que je lui trouverais.*

Ami Phébus, trève à tes madrigaux!
De tes fadeurs Sénac bâille et murmure :
Elle promet un baiser par injure ;
Pour mon bonheur, trouve-lui cent défauts ;
C'est cent baisers! la récompense est sûre.

* Ficrou dans ses feuilles.

Épluche bien son cœur et ses appas.
Trouves-tu? — Non. — O peines sans égales!
Dieu des bons mots, tire-moi d'embarras!
— Va, dit Phébus, consulter ses rivales;
Les cent baisers ne te manqueront pas.

LXXVI.

SUR UNE BEAUTÉ DANS SON HIVER.

Quoi! belle Iris, vous auriez soixante ans!
N'en croyez rien; ne soyez pas si sotte :
Les almanachs sont des impertinens,
Et le temps même un vieux fou qui radotte.

LXXVII.

SUR LISE.

Lise est, au fond, très-sociable,
Et n'a point le désagrément
De mainte prude impitoyable.
Elle craint le désœuvrement;
Et, pour vivre commodément,
Elle aime alternativement
Les gens d'esprit par sentiment,
Et les sots par tempérament.

LXXVIII.

APRÈS DEUX CAMPAGNES D'ITALIE.

Héros cher à la paix, aux arts, à la victoire,
Il conquit en deux ans mille siècles de gloire!

LXXIX.

SUR FRÉRON,

DISTRIBUTEUR DE RENOMMÉE.

[De Satanas suivant le digne exemple,
Bardus, un jour, d'un vol lourd et pervers ,
Me transporta sur la cime d'un temple ;
C'était celui du dieu brillant des vers.
« Vois, me dit-il, ce temple de mémoire :
» J'y règue seul. Partant, si tu veux croire
» A mon génie, et baiser mon ergot,
» Du bel-esprit je t'offre les couronnes. —
» Bien suis tenté ; mais..... mais quoi ? si tu donnes
» Le bel-esprit, pourquoi n'es-tu qu'un sot ? »

LXXX.

GASCONADE.

Nous avons de si riches plaines
Et de si fertiles coteaux,
Disait un gascon de Bordeaux,
Que si l'on y plantait des gaines ,
Il y pousserait des couteaux.

LXXXI.

SUR UNE MUSE,

Qui fit imprimer sous son nom un grand recueil de vers
qu'elle n'avait point faits.

Rhodope fit joyeusement
Une pyramide immortelle ;

Car on nous dit que chaque amant,
A chaque baiser de la belle,
Donnait un marbre au monument.
Ainsi Laure, à chaque poëte,
Pour s'immortaliser, achète
Force rimes, baiser comptant ;
Et pour la gloire baisa tant,
Qu'elle a fait une œuvre complète.

LXXXII.

J'aime parfois l'épigramme en distique,
Bon mot rapide en deux vers échappé ;
J'aime encor plus le dixain marotique,
Son coup plus sûr et son dard mieux trempé.
Léger distique à peine vous effleure ;
D'un bon dixain le trait profond demeure.
L'un, de l'esprit est le brillant stylet ;
L'autre, au génie offre une arme virile.
D'un bon dixain Rousseau vous enfilait ;
Un bon dixain est la lance d'Achille.

FIN DES ÉPIGRAMMES

ET DU DEUXIÈME ET DERNIER VOLUME.

TABLE

ŒDES MATIÈRES DU SECOND VOLUME.

ÉLÉGIES.

LIVRE PREMIER.

LIVRE SECOND.

ÉPITRES.

LES VEILLÉES DU PARNASSE,

Poème.

LA NATURE,

Poème.

ÉPIGRAMMES.

FIN DE LA TABLE.

IMPRIMERIE DE DECOURCHANT.

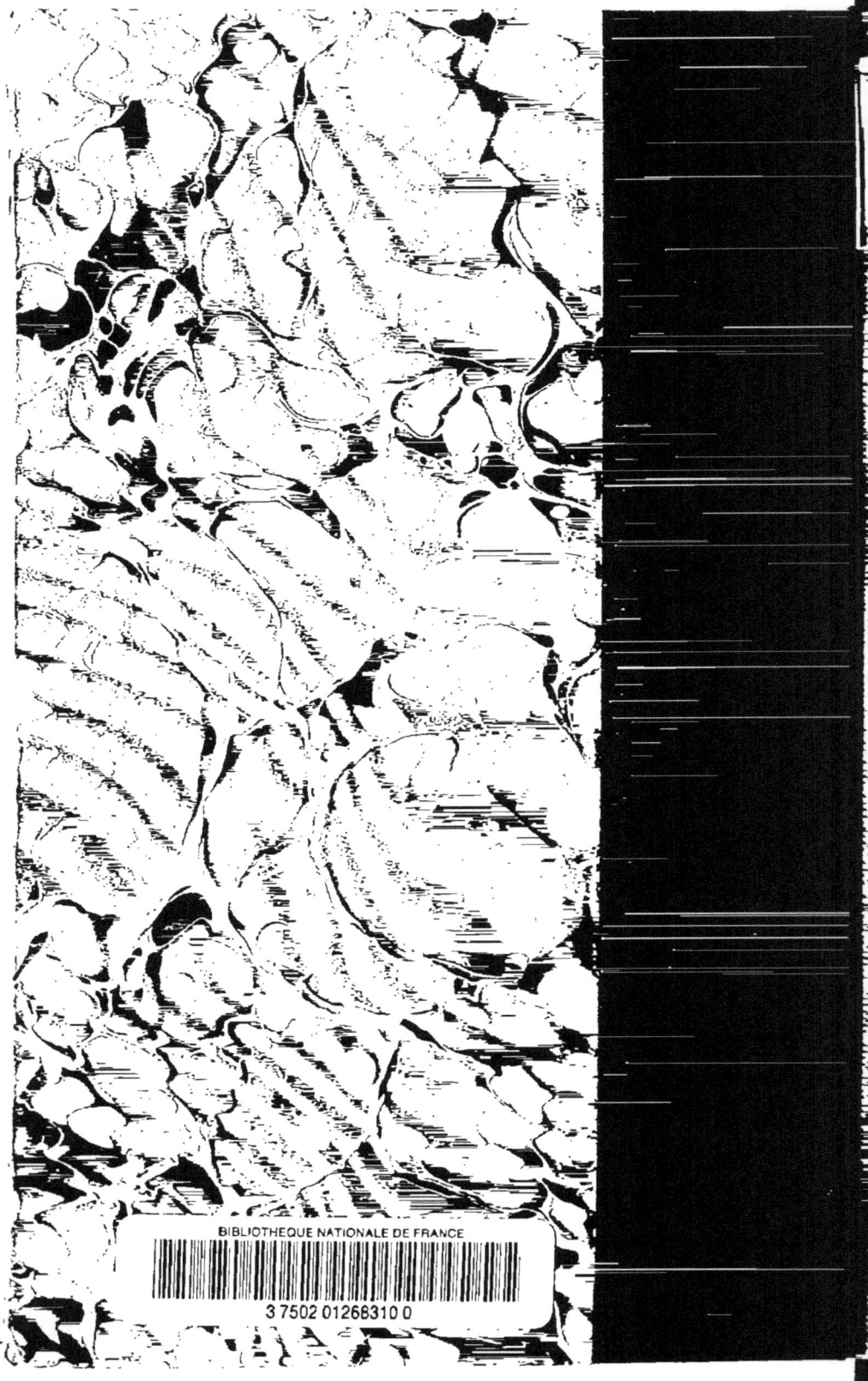

BIBLIOTHEQUE NATIONALE DE FRANCE

3 7502 012683100

www.ingramcontent.com/pod-product-compliance
Lightning Source LLC
Chambersburg PA
CBHW051524050726
47503CB00014B/1413